W0465493

CLANDESTINEMENT VÔTRE

CHARLES CÉDRIC TSIMI

CLANDESTINEMENT VÔTRE

LA GRENADE
JC Lattès

FSC
www.fsc.org
MIXTE
Papier issu de
sources responsables
FSC® C003309

L'éditeur de cet ouvrage s'engage dans une démarche
de certification FSC® qui contribue à la préservation
des forêts pour les générations futures.

Pour en savoir plus :
www.editis.com/engagement-rse/

Le Code de la propriété intellectuelle n'autorisant, aux termes de l'article L. 122-5, 2° et 3° a, d'une part, que les « copies ou reproductions strictement réservées à l'usage privé du copiste et non destinées à une utilisation collective » et, d'autre part, que les analyses et les courtes citations dans un but d'exemple et d'illustration, « toute représentation ou reproduction intégrale ou partielle faite sans le consentement de l'auteur ou de ses ayants droit ou ayants cause est illicite » (art. L. 122-4).
Cette représentation ou reproduction, par quelque procédé que ce soit, constituerait donc une contrefaçon, sanctionnée par les articles L. 335-2 et suivants du Code de la propriété intellectuelle.

© Éditions Jean-Claude Lattès, 2021.
ISBN : 978-2-266-32093-1
Dépôt légal : février 2022

Charles Cédric Tsimi

Charles Cédric Tsimi est né en 1990. Il est diplômé en sciences politiques et s'intéresse aux questions de migration et d'identité, sujets auxquels il a consacré plusieurs conférences en France et au Luxembourg. Originaire du Cameroun, il vit en France depuis quelques années. Hier sans-papiers, aujourd'hui écrivain, il signe avec *Clandestinement vôtre* son premier roman en 2021, aux éditions JC Lattès.

Pour mon feu Père, Isidore
Pour ma courageuse Mère, Marie-Thérèse

À mon fils, Zadig
À sa distinguée mère, Stéphanie

Mesdames, Messieurs les agents,

J'ai reçu il y a quelques jours, dans le cadre de mes interminables démarches en vue de l'obtention d'un titre de séjour, une convocation dans vos locaux sis 48, rue de la Roquette à Paris XIe, à 14 heures, pour effectuer un test de positionnement en langue.

L'État, par vos services, veut palper mes besoins, veut tripoter mes lacunes, il veut tester mon niveau en langue française, puis m'interroger lors d'un entretien personnalisé. Et si tout ça n'est pas bon, si je rate mon QCM ou si je foire l'entretien, peut-être réduira-t-on à six mois le titre de séjour d'un an que je quémande depuis tant d'années.

Mesdames, Messieurs, je comprends très bien qu'il vous faille, par le travail, gagner votre vie et lui donner un sens. Cependant, avec cette convocation, ce travail vire au tripalium, au désastre humaniste. Je le vis comme une attaque très personnelle, et intime. Avec cette convocation, vous tentez d'humilier un jeune homme, dont les cris à la naissance entre les jambes de sa mère furent en langue française, niveau soutenu s'il vous plaît ! Me soumettre à un QCM, avec à mes côtés un pauvre Soudanais qui tenterait héroïquement de zieuter ma copie, m'est insupportable.

Mesdames, Messieurs les agents de l'OFII, je ne compte pas me rendre à votre convocation. Je vous envoie mon roman. Lisez-le ! Dans le métro, dans la rue, dans l'avion, dans le train, dans vos water-closets, dans vos salles de réunion, dans vos salles d'attente… et prenez garde ! Le délit de solidarité sera bientôt crime contre l'humanité.

En espérant que mon refus justifié de me présenter dans vos locaux ne déchaîne chez vous une déraison d'État, je vous souhaite, Mesdames et Messieurs les agents, une bonne lecture.

Clandestinement vôtre,

Charles X

Ô Tonton Pierre

Toute ma vie, je n'ai fait qu'obéir à mon instinct de survie, il m'a toujours commandé d'aller voir ailleurs. Mais où ça, bordel d'instinct ?

Durant un an, j'avais chauffé les bancs dans les amphithéâtres de l'université de Yaoundé II – Soa, où je faisais mine d'étudier les sciences politiques. En ce temps-là, en dépit de tout, je nourrissais l'espoir que mon pays accordât une importance, ne serait-ce que minime, aux jeunes esprits qui tentaient de s'échauffer intellectuellement, de trouver un salut sur le terrain des Idées.

Je me rendais à l'université la peur au ventre. Les bus qui assuraient le transport quotidien des étudiants entre la capitale et le site universitaire ne payaient guère de mine. En cas d'accident, comme cela arrivait assez fréquemment, l'État répondait aux abonnés absents. Pas de bouquet de fleurs. Pas de dédommagement. Pas de polémique nationale.

On peut dire que je suis un rescapé de cette fameuse route qui menait tout droit à l'université ou à la mort, ces deux mots étant de bons synonymes au Cameroun. Ils renvoient à la même déplorable réalité.

J'obtins ma licence malgré l'école buissonnière que je pratiquais intensément. Cette licence, évidemment que je la méprisais. Pendant que mes camarades pétaient d'orgueil en brandissant leur diplôme de futurs chômeurs, je flairais déjà le cul-de-sac dans lequel nous nous acheminions avec tous ces parchemins.

Alors, quelle tangente pouvais-je donner à mon destin ? Une opportunité s'offrait à moi, un master en relations internationales, spécialité Francophonie et Mondialisation, à l'Académie de diplomatie du Cameroun, une des rares institutions locales à jouir d'un certain prestige. Mon admission fit germer un nouvel espoir. Je me surprenais à rêver en couleurs. Je m'imaginais ministre plénipotentiaire, rouler carrosse avec une plaque d'immatriculation verte gravée CD : *Corps Diplomatique.*

Le matin de la rentrée, je sortis de la maison familiale flanqué d'un costume trois pièces et d'une mallette avec la sensation grisante de me rendre à un colloque international à Vienne sur les droits de l'Homme.

Mes camarades rêvaient également arc-en-ciel. Ils s'attribuaient des titres et fonctions d'État qu'ils se voyaient occuper après le master. Mon voisin, le camarade Selma Yannick, s'autoproclamait ambassadeur du Cameroun à Paris. Et il me voyait très bien ministre des Relations extérieures :

— Ô Tsimi ! Monsieur le ministre, comment allez-vous ?

— Et vous-même, Excellence ?

— Tel un ambassadeur à Paris !

— Je vous prie d'agréer l'expression de ma haute considération.

— Confraternellement !

Tous les matins, sur le campus, Selma et moi nous adonnions à cette fantaisie protocolaire, laquelle, espérait-on, à force de répétition, pût nous conduire vers les arcanes de la diplomatie camerounaise.

Le premier semestre terminé, mes camarades et moi eûmes droit à sept mois de congés imposés. Sept mois sans aucune information de l'établissement. Sans savoir quand les cours reprendraient. Sans la moindre possibilité de trouver un stage ni de travailler. Sept mois sans rien faire. Je compris que les professeurs nous vendaient des diplômes en carton. Ce master était une arnaque intellectuelle.

Je m'étais donc échappé du trou qu'était l'université de Soa pour me retrouver au bord du précipice de l'Académie de diplomatie. Le rêve virait au cauchemar.

J'interpellai le camarade Selma :

— Vraiment, cette Académie de diplomatie n'est qu'une arnaque, une vitrine en plastique ! Gars, ton pays me dépasse !

Le diplomate en carton, mon bien-aimé Selma, éclata de rire :

— Tsimi, laisse seulement l'affaire là… Le délégué m'a dit que les cours allaient reprendre peut-être dans deux semaines.

Ah, si jeunesse savait… Qu'est-ce que j'étais allé foutre dans ce master ? J'avais cru au mot « Francophonie », cédant le pas à la poésie senghorienne. Erreur monumentale que de croire qu'un homme comme Senghor pouvait non seulement m'émouvoir au-delà de sa réputation, mais aussi me faire mouvoir, comme je demandais à l'être.

Durant ces congés sans fin où le néant cohabitait avec le désespoir, les difficultés financières s'intensifiaient. Je refusais de croupir. Il me fallait rebondir. Trouver une énième bouée de sauvetage, une ressource d'argent, un travail. Pour subsister, la masse s'abandonnait à la rue. Vente à la sauvette : arachides grillées, maïs grillés, plantains grillés, safous grillés… Ô Jeunesse calcinée ! Allais-je moi aussi me griller dans la rue ? Que non ! Je postulais partout où je pouvais, comme stagiaire dans quelques entreprises, vacataire dans quelques ministères. Zéro réponse… Diable, priais-je, soufflez-moi donc une de vos idées implacables pour gagner du fric ! Je croyais que le démon se précipitait chez tous les jeunes que Dieu avait abandonnés, mais le diable est sélectif. Y compris en enfer, beaucoup sont appelés mais peu élus.

Ma mère, qui m'accompagnait dans tous ces efforts, finit par me dénicher la piste Tonton Pierre. Ah, Tonton Pierre ! Nous l'appelions tonton par adoption, respect, tendresse. En réalité, il faisait partie de ces innombrables et chaleureux tontons avec qui le sang n'avait aucune raison dans nos liens, mais qui avaient vécu quelques années dans notre maison familiale.

Ma mère avait appris par une de ses connaissances que Tonton Pierre avait fait fortune dans le cacao. Elle me suggéra de partir à sa recherche à Obala, ville dans laquelle, m'affirmait-elle, il opérait en tant qu'exportateur de fèves de cacao.

Je partis donc en quête du tonton néomillionnaire, en francs CFA, dans l'espoir qu'il me dégotât du travail.

Mon plan était simple. Une fois à Obala, je comptais me rendre dans la boutique de « Tonton l'Ami », encore un autre tonton, époux de la chère petite sœur de mon père, très connu dans la localité et au fait de tout ce qui s'y passait. Tonton l'Ami, étais-je certain, ne pourrait que très bien m'orienter, ce qu'il fit immédiatement en m'indiquant où se situaient l'entrepôt de cacao et les bureaux de Tonton Pierre. Avant de me laisser partir, il prit son téléphone et appela l'intéressé. Je ne saisis rien de leur conversation en eton, cette langue des miens pour laquelle je n'avais malheureusement eu aucune curiosité, mais j'avais cru distinguer le nom de mon père. À l'issue du coup de fil, mon oncle m'informa que je pouvais rejoindre Tonton Pierre qui serait à son bureau une heure plus tard.

Je me rendis illico à l'entrepôt du boss, comme l'appelaient ses employés. La secrétaire me fit asseoir sans me proposer ni café, ni verre d'eau, ni même une barre de chocolat.

Une heure passa, puis deux, puis trois. Aucun signe de Tonton Pierre. Il était déjà 16 h 30, j'étais affamé et sans le sou, impossible de m'acheter quoi que ce soit. Mon ventre grommelait : *Mais Tonton, où es-tu ? Je crève la dalle !*

16 h 55… J'envoyai un texto à Tonton l'Ami pour l'informer que Tonton Pierre n'était toujours pas arrivé. Il se scandalisa sans nervosité et le rappela sur-le-champ. Ce dernier venait tout juste d'arriver à Obala. Il était chez Okali, une pimenterie où l'on pouvait manger de la bonne viande de bœuf braisée, pimentée, accompagnée de bobolo. Il suggéra que je l'y retrouve. La nouvelle m'enchanta si fortement, organes compris, que mon

intestin, qui se sentit interpellé au premier chef, délivra un petit pet sec.

Lorsque Tonton Pierre m'aperçut, accompagné de l'un de ses employés, il nous fit signe de la main en m'appelant par mon prénom. J'étais heureux de constater qu'il ne m'avait pas oublié. La dernière fois que nous nous étions vus remontait à douze ou treize années. J'avais neuf ans et lui vingt-cinq. À cette époque, il ne faisait rien de sa vie. Peu après son départ de notre maison, une rumeur avait couru selon laquelle il avait fait un séjour en prison. Une histoire de recel, racontait-on.

Tonton Pierre se leva et m'accueillit avec une joie débordante et amicale. Il m'invita à la table qu'il occupait avec trois autres personnes, dont une demoiselle incroyablement fessue. L'employé qui m'avait accompagné chez Okali fit demi-tour sans se faire prier.

— Alors, la famille, la mater ? me lança gaillardement Tonton Pierre tandis qu'il buvait son Jack Daniel's.

— Tout le monde va bien. Maman est à Nkolbisson. Octave, Théodore, Brigitte sont à Douala. Éliane est à Paris, elle fait ses études. Hervé-Gaston est au grand séminaire. Paul-Maël, Jean-Édouard et moi sommes avec la maman, répondis-je.

— Ah, Charles, ça fait plaisir ! T'es déjà grand jusqu'à tu laisses déjà la barbe. Tu es toujours voyou ? (Rires.) Euh, tu fais quoi en ce moment ?

— Je suis au quartier, tonton. J'étais à l'Académie de diplomatie, mais il y a des problèmes là-bas, donc depuis des mois, je ne fais rien… J'suis venu te voir pour que tu me trouves un boulot… la situation est critique.

— Comment tu m'as retrouvé ?

— La mater était dans un deuil le week-end surpassé, elle a une dame qui parlait de toi à sa voisine, elle a entendu « Pierre Essengue ». C'est là qu'elle a appris que tu étais à Obala et que tu avais une société de cacao.

Rires…

— Les femmes et le kongossa ! Oui, je travaille à Obala, mais la maison est à Yaoundé… Ah, Charles, ça me fait plaisir de te voir ! Il n'y a pas de problème, je suis dans le cacao. Je sais que vous êtes des intellectuels chez vous là-bas, mais on va fonctionner ensemble. Si tu veux travailler, on va travailler. Qu'est-ce que tu fais demain ?

— Rien !

— Bon, rendez-vous demain matin devant la banque BGFI Bank à Yaoundé. Tiens ça ! Tu as de quoi payer le car pour rentrer à Yaoundé ?

— Non. Merci tonton !

Le tonton venait de déposer 50 000 francs CFA dans ma main. Cent fois plus que ce dont j'avais besoin pour rentrer chez moi avec en prime une promesse d'embauche ! *Et verbum caro factum est !* Bonheur ! Plénitude ! Je me sentais léger, fugace, rapide. J'allais pouvoir, à mon tour, faroter mes petits frères, ma mère, inviter mes amis dans un bar. J'allais pouvoir m'acheter une belle paire de chaussures ! J'allais pouvoir, pour cette journée, marcher sans réfléchir.

Le lendemain, je me rendis devant la BGFI Bank dès 8 h 30… Tonton arriva à 8 h 45. Il avait rendez-vous avec son banquier à 9 heures pour décaisser 350 millions devant servir à l'achat du cacao. J'eus l'honneur de porter la mallette qui contenait tout ce fric. Les jours suivants, j'attestai en silence les rumeurs de ma mère.

Pierre était réellement devenu millionnaire. Il travaillait avec des cacaoculteurs locaux et de riches acheteurs étrangers. Il était la courroie de transmission entre le cultivateur et l'acheteur. À partir du prix du kilo fixé selon l'humeur de traders des salles surnumérisées de Londres ou de New York, il faisait son marché dans des villages sans électricité, sans route, sans école, sans eau potable. Pierre n'avait aucun diplôme de gestion. Il n'avait même pas le brevet, mais il maîtrisait son domaine comme sa poche et discourait sur le monde du cacao et des paysans comme personne. Ce n'était plus l'homme de jadis que l'oisiveté et la dépendance matérielle aux autres rendaient taciturne, presque muet. Pierre s'exprimait maintenant avec bagou. Sa voix était plus grave. Effet du Jack Daniel's sur le larynx ? Il faisait des blagues à tout instant, et tout le monde riait.

Mon poste et mes missions furent, dès le départ, assez flous. Tantôt, je faisais le contremaître auprès de cinq, six manutentionnaires qui suaient à charger un camion de sacs de fèves de cacao ; tantôt, je faisais le rédacteur pour informer les clients d'un retard de livraison. Parfois, j'accompagnais Tonton dans ses rendez-vous avec les autorités administratives, mais là, il était davantage question de vins et de victuailles que de brainstorming ou de développement local. Certains jours, mon travail pouvait se limiter à transporter d'un point à un autre la mallette remplie de billets dans laquelle je n'hésitais pas à me servir en toute impunité. Et le plus souvent, je ne faisais rien, je restais dans ses bureaux, devant le PC qu'il m'avait acheté, naviguant sur Internet.

À la fin de chaque journée, Tonton Pierre me glissait 15 000 ou 20 000 ou 30 000 ou 40 000 francs CFA.

Per diem ! Du lundi au vendredi. Énorme ! Il arrivait aussi, que Tonton, en plus de ma rente journalière, ajoutât 40 000 ou 50 000 francs CFA pour ma mère : « Tiens ! Tu donnes ça à la maman, on se voit demain ! »

Avec cet argent que je gagnais gratuitement et familièrement, je me rachetais une cote auprès de mes amis. Je conviais enfin ceux qui m'invitaient régulièrement et que je n'avais que très rarement régalés. À l'instar de mon ami Herman, qui m'hébergeait régulièrement et gratuitement dans sa belle chambre d'étudiant, où nous nous adonnions à des battles sur des morceaux de DJ Arafat. Je m'étais lié d'amitié avec Herman Abossolo en classe de terminale, mais c'est à Soa, à la Morgue, que nous étions devenus véritablement complices. Des amis pour la vie. J'étais heureux de pouvoir enfin honorer mes dettes morales. Je l'invitai à boire et manger et je réglai fièrement l'addition comme un brave et bon ami. Je lui racontai mon aventure agricole. Aucun de mes amis n'avait travaillé nulle part. Je lui parlai du cacao dans notre pays, de ses grands bassins de production, de ses principaux hommes d'affaires, des grands groupes chocolatiers de la planète.

Malgré cette opulence, le temps passait et je commençais à m'ennuyer de ses faveurs. Je me sentais inutile dans cette entreprise, en dépit du respect qu'on me servait à gauche et à droite, en tant que « fils » bien-aimé du patron. J'avais bien essayé d'être un tout petit peu force active, force de proposition, mais ne sachant m'exprimer en eton, langue bantoue parlée par l'ethnie éponyme et censée être ma langue maternelle, je demeurais un pur étranger. Et puis, j'avais du mal à voir ce que ce tonton voulait faire de sa société.

Son entreprise brassait des millions, mais elle était structurellement et fonctionnellement artisanale. Quelles étaient les ambitions managériales de ce nouveau riche ? En bon Camerounais qui se respecte, en bon parvenu, Pierre vivait au jour le jour, comme s'il ne devait pas faire perdurer son affaire, comme si l'avenir de ses trois enfants connus et déclarés ne l'intéressait nullement. Qui, dans ce pays, pouvait prétendre assurer un toit à ses enfants s'il décédait du jour au lendemain de sorcellerie ou de je ne sais quoi d'autre ? La mort plane trop sûrement en Afrique. Tonton Pierre, en me voyant chaque jour face à lui, ne l'avait-il pas compris ? Je bouillonnais de réflexions sur ce monde rural que je redécouvrais, ses paysans et leur rapport à l'argent, sur la ville et ses jeunes diplômés, sur mon oncle, ce grand self-made-man qui dévorait littéralement la vie, sa vie, et donc bousillait lentement ce qu'il avait superbement pu construire. Je le voyais scier la branche sur laquelle il était assis… et moi tomber avec lui…

C'eût été un manque cruel de lucidité de ma part que de me satisfaire de la vie de petit baron du cacao. Je connaissais trop bien mon pays pour ne pas me laisser bercer par quelques moments de répit. Tonton était un point d'appui, un point de passage, un point de relais. C'était, en un certain sens, un passeur. Il me fallait flairer ailleurs. Chaque atterrissage commandait que je réfléchisse à un autre décollage.

Il n'y avait aucun avenir pour moi dans ce pays. Je le savais maintenant. Je songeais à partir en France pour mieux revenir. La République m'avait déjà sauvé une fois, dans ma tendre enfance, pourquoi pas cette fois ? Nos destins, me disais-je naïvement, n'étaient-ils pas liés ? Ce serait un mariage à durée déterminée, le temps de me former à l'école de la Terreur de Robespierre, pour revenir au bercail et m'imposer comme leader charismatique lors d'un coup d'État déguisé en élection. La jeunesse du Cameroun attendait qu'on la décalcine.

Il me fallait trouver un prétexte légal pour partir. Je le trouvai sur le site Internet de l'université Jean Moulin à Lyon. C'était un diplôme universitaire de deuxième cycle, mention Francophonie et Mondialisation, formation qui avait un partenariat avec l'Académie de diplomatie de Yaoundé. J'usai de mes meilleurs grigris littéraires pour polir une lettre de motivation digne de Senghor, ce qui séduisit le jury. Je fus admis. Fort de ma propre science occulte, je l'interprétais comme une convocation par les plus grands esprits de La France.

Je fis part de la bonne nouvelle à ma mère qui ignorait tout de mes démarches.

— Je vous salue Maman pleine de grâce, le Seigneur est à vous. Vous êtes bénie d'entre toutes les femmes. Et Charles, le fruit de vos entrailles, est béni…

— Ekié, qu'est-ce qui t'arrive ? Tsuip ! fit-elle avec un sourire digne d'une mater dolorosa…

— Ekié comment ? J'ai été retenu à l'université de Lyon, lui ai-je vaguement répondu en me dirigeant vers la cuisine.

— Pardon, Charles, vient t'asseoir, tu me dis les choses comme une grande personne. Tu dis que quoi ? Lyon a fait quoi ? me lança-t-elle, en prenant elle-même une place sur le canapé, le visage décrispé.

Je pris un verre d'eau à la cuisine, puis je m'installai au salon à ses côtés. Je l'informai alors que l'université de Lyon m'avait accepté et qu'elle s'engageait à m'héberger pour faciliter les procédures d'obtention de visa…

— Amen oooooo… Amen oooo… Je suis dans la joiiiiie, une joiiiie immense, je suis dans l'émotion car Yahwé m'a libérée…, entonna ma mère.

Tout n'était pas gagné. Encore fallait-il obtenir le visa, le saint Graal, et il m'était impossible de prétendre à un visa étudiant. Une attestation de virement irrévocable à hauteur de dix millions de nos francs était exigée comme pièce du dossier. Cette somme était très largement au-dessus de mes maigres économies et des moyens de ma mère ! J'essayai alors de joindre Tonton Pierre. Cinq, sept millions pour lui, ce n'était pas la mer à boire. Je l'avais déjà vu claquer en un jour plus de cinq millions en présents aux diverses autorités administratives, à ses différentes amantes, à sa famille… Mais Tonton Pierre était injoignable et introuvable. On ne l'avait pas vu au travail depuis une semaine. Même sa femme était sans nouvelles. Je fus finalement mis au parfum des ennuis de Tonton Pierre. Recherché pour avoir « escroqué » un partenaire exportateur qui vivait en Hollande, il se terrait pour échapper à la police. En fuyant les autorités qui essayaient de mettre la main sur lui, Pierre me tournait également le dos. Au moment précis où l'argent de mon oncle m'aurait été d'un secours déterminant, eh bien, Tonton Pierre était en perte de vitesse. Sale concordance des temps.

Je décidai donc, sous contraintes multiples, de prétendre à un visa touriste. Pour ce visa, la fonctionnaire de l'ambassade requérait une caution frôlant un million six cent mille francs CFA. Près de 2 500 euros. Trois fois rien à côté du virement irrévocable. Cette caution était la preuve que je disposais de ressources comprises entre 600 et 700 euros, multipliés par le nombre de mois que je devais passer en France. J'avais trois jours pour réunir cette somme (en euros) et me pointer à l'ambassade. Comment faire alors que je n'avais presque plus rien et que le salaire mensuel de ma mère n'atteignait même pas les 150 000 francs CFA (240 euros) ? Chemin de croix qui me rendait fou… Ma mère m'accompagnait dans cette folie en gardant optimisme, pragmatisme, et catéchisme. Elle croyait au mystère de la résurrection.

Le premier jour, je partis mendier chez un de mes enseignants de l'Académie de diplomatie qui était également ex-ministre. J'avais ouï dire qu'il partageait de l'argent et des victuailles à son domicile. Mauvaise pioche. Mon enseignant avait sans doute du fric, mais il me fit rapidement savoir qu'il avait désormais ses propres problèmes. De graves problèmes. Il était sur le point d'être incarcéré pour détournement de fonds publics. Les avocats, la vie en prison… pour on ne sait combien d'années, cela avait un coût. L'ex-ministre ne pouvait plus s'amuser à jouer au papa bonheur. Je repartis de chez lui bredouille, le moral à terre, avec tout au plus l'envie de braquer. Je rentrai à la maison avouer à ma mère que mon espoir et ma quête avaient été vains. Loin d'être découragée, elle m'assura qu'on finirait par trouver cette foutue somme. Elle avait déjà obtenu deux promesses de dons, celle d'une de ses amies et celle de mon frère Théodore qui vivait à Douala. Au total, un million mobilisé. Il ne manquait plus que 500 et quelques poussières de mille de nos francs CFA. Ma mère, habituée à ce genre de situations, aux solutions in extremis, savait se montrer extraordinairement inventive. La veille de mon rendez-vous à l'ambassade, soit le deuxième jour, elle rapporta à la maison l'argent manquant. Une partie de cette somme ne devait servir qu'à distraire les gens de l'ambassade. Il était prévu que nous restituions les fonds en question à qui de droit après mon entretien. Nous tînmes parole.

À l'ambassade, la femme chargée de conduire l'entretien pour le visa se crut plus futée et experte en communication de crise que moi. Elle me posa une série de questions de flic raté sur mon parcours, mes ambitions, mes moyens, mes réelles intentions. Étais-je véritablement un étudiant ? Ou un opportuniste qui voulait simplement atterrir à Mbeng, comme on appelle la France au Cameroun, et passer à autre chose ? Allais-je vraiment revenir au Cameroun après ma formation ? Je baratinais, humblement, ce qu'elle voulait entendre :

— Oui, madame, après ma formation, moi je reviens au Cameroun… Du travail m'attend par ici. Je gagne bien ma vie dans le cacao. Cette formation lyonnaise va juste me donner encore un peu plus de valeur et le ministère des Relations extérieures ne pourra plus vraiment se passer de moi. Promis, je ne vais pas caler dans votre beau pays, madame… Je viens d'une famille respectable et non misérable. Je vous jure !

Ce n'était pas mon topo qui avait réellement convaincu cette dame. Encore moins ma mine. Elle ne payait pas, elle était à bout. Dans la délivrance de visa, je crois qu'il s'est appliqué à mon passeport les mêmes règles de probabilités qui s'appliquent à un ticket de loto. La loterie américaine n'a rien d'exceptionnel sinon sa cruelle franchise.

Le 14 avril 2014, après avoir bravé cyclone Emmerda et tempête Paperassa, la France finit par m'accorder ce fichu visa touriste.

À mon arrivée à la maison familiale, la tribu fut en émoi comme si j'avais obtenu un diplôme avec les félicitations du jury. Il est vrai que moi-même je n'en revenais pas. Mais comme toujours, l'instinct de survie étant à l'œuvre, je me laissais de moins en moins distraire par les émotions… D'autant que le visa touriste, visa D, n'avait rien de fameux. Ça n'était pas un chèque en blanc, une autorisation de bon cœur entre une personne physique et une personne morale. Et malgré mon redoutable pitch, les flics de l'ambassade avaient agrafé sur mon passeport une convocation dans leurs locaux pour le 21 août 2014, date à laquelle j'étais censé revenir dans mon beau pays qui n'attendrait que moi. J'allais devoir prouver que j'étais bel et bien rentré, que j'avais honoré notre pacte, leur visa.

À ce moment-là, j'avais déjà basculé dans une certaine forme de clandestinité, de dissidence, de vie secrète, dont il me fallait prendre conscience et l'assumer. Le simple fait de prétendre poursuivre mes études en France représentait une provocation face à la loi. En mettant mon pied à l'ambassade de France, j'avais franchi la ligne rouge, dépassé l'idéal du bleu et l'innocence du blanc.

Le 18 avril 2014, jour de mes vingt-quatre ans, je montai à bord d'un avion de la compagnie Royal Air Maroc, traversant depuis le ciel la forêt équatoriale et ses gorilles, le Sahel et ses djihadistes, l'Atlantique et ses abysses, passant entre les nuages azurés. Ce jour-là, entre mes mains, je tenais *Candide* de Voltaire que je ne pus lire. Et pour cause, j'inspectais les nuages. Je craignais la fin du monde. J'imaginais ce qu'allait être ma première journée en France. Je me voyais déjà essouffler intellectuellement mes camarades de Lyon. Allais-je écrire mon premier pamphlet tout de suite ? La critique allait-elle m'encenser ? Déclinerais-je les invitations du président de la République, François Hollande ? Avec plaisir. Et mon visa ? Et si Hollande décidait de ne pas le prolonger ou de ne pas m'accorder un titre de séjour ? Alors, dans ce cas, si l'Élysée m'invitait, il valait mieux l'honorer de ma présence. Ah, la France, ma bien-aimée ! J'arrive, je vais te chauffer !

Déraciné

Le Cameroun a toujours sonné creux à mes oreilles et je me suis toujours senti sans patrie. Abandonné à moi-même, à mon être tout entier, j'étais un apatride internationaliste. Dans le Boeing de Royal Air Maroc, je tentais de faire naître quelques souvenirs utiles à la légende que je me construisais. Je remarquai alors qu'au fond, depuis le berceau, j'avais été un universaliste. Une semaine après ma naissance, je n'en pouvais déjà plus du lait maternel. Encore moins de celui de la pharmacie. Le peu que j'ingurgitais, je le vomissais. Au début, rien d'alarmant. On pronostiqua que dans les jours qui suivraient, je prendrais le sein d'assaut. Pari stupide. Mon état de santé périclitait. Je devenais un vomisseur chronique ; un chétif au ventre imposant tel un bébé somalien réfugié dans le camp de Dollo Ado en Éthiopie ; un pleureur agaçant dont on aurait pu se débarrasser par strangulation ou claque assassine. D'autant qu'un tradipraticien, autrement dit un marabout, avait chuchoté à ma mère que j'avais été cuisiné mystiquement. L'énergumène avait osé déclarer que mes carottes étaient cuites. Que celui qui m'avait envoûté avait broyé mes intestins, haché mon cerveau, bu mon sang. Le pronostic était sans appel : même si l'on arrivait à m'éviter la mort, je resterais aussi vif qu'un tétraplégique. Les gens diraient partout que j'étais le fruit d'un inceste. La honte ! Fallait donc arrêter de gaspiller le fric et prier pour le repos de mon âme.

Aucun marabout pour me sortir de la merde. Aucun hôpital du pays pour me sauver. J'étais prêt à remplir les statistiques de la mortalité infantile en Afrique.

Lorsque, par miracle, je fêtai mes trois ans, le seuil du supportable fut atteint. Mes parents décidèrent, sur proposition du Docteur Barthélemy Essomba, un ami de mon père, de me faire soigner en France. Je fus donc envoyé au CHU de Nîmes en 1993, dans le plus grand mépris de l'avis des fins connaisseurs en sorcellerie. Sans l'aide de ma patrie. Sans son vibrant soutien. Sans la moindre contribution financière de l'État du Cameroun. C'était un an avant la dévaluation du franc CFA, qu'on ne me dise pas que les caisses étaient déjà vides.

Au CHU de Nîmes, nous espérions une guérison immédiate, rien ne se passa comme prévu. On me refit tous les examens qui avaient déjà été faits, et d'autres qui, faute de plateau technique et de ressources humaines, n'avaient même pas été pensés. Les analyses, poussées à l'extrême, ne donnaient rien. Du jamais-vu pour les médecins. Nous étions, ma mère et moi, résolument à disposition de la science, de la médecine moderne. Nous étions dans le pays de Pasteur et de Claude Bernard. Leurs esprits gouvernaient ces terres, il fallait être patient. Il fallait, comme disait l'autre, se hâter lentement sans perdre courage, en dépit du temps qui semblait jouer contre moi.

Ma mère m'avait accompagné seule en France, guère assistée par un médecin de l'État camerounais. C'est elle qui affronta tous les spécialistes, répondant brillamment à toutes leurs questions. C'est elle qui crut me voir mourir entre ses mains après m'avoir vu naître entre ses jambes.

Il s'écoula un mois, un long mois, avant qu'enfin, après maintes recherches et analyses restées muettes, une échographie bienveillante dévoilât au grand jour ma malformation congénitale. L'intestin grêle était noué au niveau du gros intestin, une sorte d'occlusion intestinale.

Selon la légende, l'échographiste cria : Eurêka ! Les meilleurs chirurgiens, les infirmières les plus dévouées du CHU se donnèrent rendez-vous au bloc opératoire. Un type me trancha le ventre en deux. Mes boyaux en exposition. Il fallait retourner mon précieux intestin, puis poser une agrafe pour le maintenir. Couché, enfin délivré, sorti du chemin de la mort, j'étais un chef-d'œuvre humain sur un lit d'hôpital. Par ma personne, les médecins venaient de racheter leurs péchés. Et grâce à eux, moi, je devenais plus neuf qu'à la naissance. Je ressuscitais pour la première fois.

Ma mère, pleine de confiance, pleine de larmes, pouvait enfin soupirer. Je me souviens de ses caresses au chevet de mon lit. Sa paume de main balayait mon front, mes joues, mes oreilles, mes lèvres, mes mains. Ses baisers me couvraient le visage. Ah ! Souvenirs trop enfouis en moi ! Un cousin m'a demandé un jour si je ne les inventais pas. Il se peut. Il n'y a que l'imagination qui puisse aller aussi loin dans un passé aussi sombre et brumeux, c'est un pouvoir extraordinaire. La mémoire est insuffisante, cher cousin.

Après quelques mois de convalescence, je rentrai au pays natal avec ma mère, pour retrouver père, frères, sœurs, cousins, cousines, oncles, tantes, grands-pères, grand-mères, voisins de quartier, amis de la famille… Le jour de notre retour, un monde fou nous attendait à la maison. Ils nous accueillirent comme un seul corps.

Tous nous avaient manqué. Notamment mon petit frère Hervé-Gaston, qui n'avait qu'un an lorsque ma mère et moi étions partis. Il est à saluer. Il fit preuve d'un courage et d'une maturité assez bluffante durant l'absence de notre mère. Il aurait pu sombrer, développer à mon égard une haine, une rivalité féroce et éternelle. Aujourd'hui, même si le temps des excuses est largement révolu, je voudrais lui exprimer très solennellement ma profonde gratitude. À mon retour de Nîmes, si je ne l'ai pas pris dans mes bras, si je n'ai pas joué avec lui, c'était pour des raisons indépendantes de ma volonté. Je salue le bébé digne qu'il a été.

Vif du sujet

— Euh… donc tu es sans-papiers ? avait fini par me demander Marion.

— Pas vraiment ! Qu'est-ce que ça veut dire même votre histoire de sans-papiers ?

— Comment ça, pas vraiment ? Comment ça, votre histoire de sans-papiers ?

— J'ai un passeport, un acte de naissance, mes relevés de notes et mes diplômes, dont un avec mention. J'ai des papiers !

— Arrête, Charles ! Pas ces papiers-là ! Est-ce que tu as un titre de séjour… ?

— Non ! Et c'est pas de ma faute ! J'ai déposé une demande, le préfet s'est amusé à la refuser, même pas fichu de me délivrer un récépissé !

— Donc tu es sans-papiers…

— Ça ne veut rien dire ça ! Faut arrêter de dire ça aux gens, c'est idiot !

— Et si les flics te contrôlent, hein ? J'espère que tu feras toujours le malin…

— Toujouuurrrrrs ! J'ai une gueule à me faire contrôler ? Où t'as vu qu'on contrôlait un Black, barbu, tiré à quatre épingles, lunettes rectangulaires, coiffé d'un chapeau style Stetson, pipe à la bouche, chemise repassée en haut, jean en bas et bottines noires en cuir aux pieds, marchant avec un livre à la main, méchamment titré, genre *Les Diaboliques* ou *Pornographie du temps présent* ? Hein, où ?

— Tu blagues on dirait… ! fit-elle agacée.

— Le style c'est l'homme, ma coco ! Pas la paperasse. Je n'ai jamais été contrôlé. Les flics ont la trouille des livres. Et puis, c'est pas excitant un délinquant qui fume la pipe. Dès qu'ils me croisent, je lève le regard assuré d'un républicain, hochement de tête en guise de salut et le tour est joué. Ils savent à qui ils ont affaire : un honnête homme ! Ils me saluent à leur tour, et puis ils tracent leur route.

— Mais, c'est du contrôle au faciès ça…

— Exactement ! Les trisomiques en savent quelque chose…

— PARRRRRDON ?

— Tant que ça peut m'éviter des ennuis, je suis favorable au contrôle au faciès.

— T'es complètement stupide ! Le contrôle au faciès est une injustice. Des Blacks en souffrent, tu finiras par subir ce que tu encourages.

— Je n'encourage rien du tout. Je prends acte…

— Ah si sisisisi… tu encourages. Tu dis que t'es pour, c'est pas possible !

— Ah si, c'est possible ! Que les gardiens de la paix continuent à lire sur mon visage : Attention ! Attention ! Black extrêmement républicain, intégré, intellectuel, français d'office, même si pas de souche !

— Ça me fait pas rire !
— T'as raison, c'est pas drôle. C'est infernal…

Je venais de finir mon cursus à l'université Jean Moulin de Lyon, diplôme mention très bien en poche. J'étais maintenant censé rentrer au Cameroun pour honorer le rendez-vous que m'avaient fixé les fonctionnaires de l'ambassade. Mais je n'étais guère prêt à rentrer dans mon pays. Pas encore prêt à fomenter mon coup d'État, doublé d'une révolution. Sans sou, sans réseau à l'international, sans manifeste publié, rentrer au Cameroun eût été suicidaire.

Pas question d'y retourner dans ces conditions. Au nom de quoi se permettaient-ils, à l'ambassade, de m'imposer une date de retour ? Avaient-ils contribué à l'achat de mon billet d'avion ? Comptaient-ils m'embaucher ? Non ! Étais-je en liberté conditionnelle sans le savoir ? Visiblement… Alors, tant pis. Rien à branler de leur confiance. Je dégrafai et déchirai la convocation. Je n'avais de comptes à rendre à personne, sinon à ma mère. En l'honneur de nos larmes ! En l'honneur de nos engueulades ! En l'honneur de nos regards ! En l'honneur de nos sourires ! En l'honneur de notre linge sale ! En l'honneur de mon père ! En l'honneur de mes frères et sœurs ! En l'honneur du seul amour que je connaisse vraiment : celui d'un père, mais plus phénoménal encore, celui d'une mère !

Mater Dolorosa

Ma mère a enfanté une, deux, trois, quatre, cinq, six, sept, huit fois dans la douleur. Sans hypnose. Sans péridurale. Sans portable à la main droite. Sans mon père en train de lui tenir mièvrement la main gauche. Je salue ce féminisme qui relève peut-être d'un autre âge. Les Femen, j'aime bien, leurs nichons sont exemplaires, mais leur féminisme est un poil en deçà de celui de ma mère.

La dévotion de ma mère, maintenant que j'ai du recul, et par effet de ricochet d'exacts souvenirs, je puis dire qu'elle a été absolue à notre égard. Quelle énergie ! Elle s'est battue. Elle s'est débattue, transpirant de courage et d'espoir pour tous ses enfants. Elle s'est maintes fois abaissée devant quelques Fainéants de la République pour essayer de nous trouver une bonne place. Cela a rarement marché. Elle a eu droit à un million de promesses. À chacune d'elles, il fallait la voir revenir à la maison tout illuminée, transportée, excitée telle une gamine ayant reçu son premier baiser, un jour de fine pluie, sous un arbre dans les bois. L'espoir était et continue d'être sa drogue. Pour elle, les échecs n'ont jamais compté. Sans les oublier, elle les range soigneusement quelque part, très loin dans sa mémoire.

À la maison, elle faisait respecter sa loi. Aucun de ses enfants n'échappa à ses larmes, ses rires, ses sourires, et plus intéressant encore, ses engueulades. Aussi, avait-elle quelque chose d'Hugo Chávez, ne s'énervant jamais strictement sur le sujet sur lequel elle était sommée d'intervenir. Ses remontrances, ses procès colériques pouvaient durer des heures et tout le monde faisait profil bas. Il fallait l'entendre gronder façon tonnerre. Contre Octave, le premier-né, parce qu'il avait utilisé l'argent de sa scolarité à d'autres fins. Contre Théodore, le deuxième de la tribu, parce qu'il avait giflé sa compagne qu'il accusait d'infidélité. Contre Éliane, la troisième des Tsimi, quand elle apprit son apostasie et son active adhésion au néo-évangélisme. Contre Brigitte qui se réveillait tel un garçon, aux environs de 10 heures du matin, puis s'affalait sur le fauteuil au salon pour zapper devant la télévision. Contre Hervé-Gaston, parce qu'il avait oublié une commission. Contre Jean-Édouard, le septième rejeton, parce qu'il n'avait pas fait le ménage au salon. Contre Paul-Maël, le benjamin, je ne sais plus très bien pour quoi. Enfin, contre moi, le cinquième héritier, parce que je lui avais soutiré des sous, parce que ma chambre était en bordel alors qu'un invité devait y séjourner, parce que j'étais champion pour réclamer mes droits et jamais là quand il fallait accomplir mes devoirs. Nous rentrions alors dans de nerveuses engueulades. Si fortes que parfois, je pleurais. Souvent, elle aussi pleurait. Le soir venu, elle finissait toujours par m'approcher, petit sourire et pas de danse à l'appui, voix adoucie, pour me promettre un avenir triomphant. Je faisais mine de ne pas y croire, peut-être même que je n'y croyais pas, mais ses propos m'étaient indispensables. Ils me réanimaient. Ma mère m'aimait. Ma mère m'aime. Je l'ai toujours su… Je le sais. Cet amour m'a protégé de ma propre folie. Cet amour me protège de la folie d'ici-bas.

OQTF

Pour régulariser au plus vite ma situation, j'avais fait une demande de titre de séjour *mention étudiant*. C'est sous ce statut, ce voile académique, que je comptais préparer mon putsch révolutionnaire afin de sauver la jeunesse camerounaise, la jeunesse africaine, et par ricochet la jeunesse mondiale. J'avais réussi le concours d'entrée en master dans une école privée de bonne réputation pour étudier la communication d'entreprise. Par ailleurs, l'université de Lyon III avait également accepté, par principe, que je poursuive mes études de sciences politiques en son sein, mais leur administration, un chouïa hypocrite, attendait que la préfecture me délivrât un titre de séjour pour valider mon inscription. Moi aussi j'attendais. Début d'une longue et interminable attente… jusqu'à ce que le couperet finisse enfin par tomber : ma première demande de titre de séjour avait été balayée. Pire : OQTF. Obligation de quitter le territoire français sous trente jours. En un tour de main, j'étais passé du statut de major de promotion à celui de sans-papiers. Il n'y avait donc pas qu'au Cameroun que l'on pouvait se servir de certains diplômes comme du papier hygiénique. À la seule condition qu'il faille, pour se torcher impeccablement le derrière, le froisser correctement au préalable. C'était comme cela que nous faisions au petit séminaire d'Efok. Nous arrachions du papier dans nos cahiers de cours pour cause d'utilité intime et publique. Kitsch ? Manzoni, à côté de nous, c'était du pipi. Du pipi de Duchamp ! L'art contemporain, c'était nous, les déréglés.

La préfecture de Lyon m'envoyait donc au champ. Elle m'envoyait balader, me débarrasser de mon urine, ou plus exactement de ma merde, ailleurs.

« *Monsieur l'étudiant camerounais, allez, avant qu'il ne soit trop tard, vous torcher le cul dans votre Cameroun natal avec ce diplôme de Jean Moulin. Nous n'en avons strictement rien à foutre.* »

Le con de Marion

J'avais rencontré Marion fort hasardeusement dans une ruelle du quartier du Vieux Lyon. Rentrant d'une soirée, j'avais surpris la bonne dame accroupie derrière une voiture, en train d'uriner alors que je m'apprêtais également à souiller au même endroit les pneus de la berline, une Volkswagen Passat. Ma main étranglait déjà mon sexe. Dieu merci, je n'avais pas fait comme ces jeunes cons qui font vite, en pareille circonstance, et ouvrent leur main tellement ils ne peuvent pas la garder tranquille, tellement ils ont la vessie fragile.

« Oups, *sorry* ! » m'étais-je alors exclamé, tout confus, en tournant rapidement le dos, ce qui avait fait éclater de rire Marion. À peine avais-je eu le temps d'avancer d'un pas qu'elle avait déjà remonté sa jupe et son collant, puis elle me lança avec l'amabilité des gens de la nuit : « C'est bon, j'ai fini. La prochaine fois, frappe à la porte ! »

Computation cérébrale, réflexe de queutard, cet humour, pour ma part, dans les circonstances précises du drame qui venait de se produire, ne laissait aucun doute sur la jeune dame. J'avais vite fait de conclure qu'elle était sautable le soir même. Mais avant, je me devais de répondre délicatement à son trait d'humour. M'enfin, comme je suis un être irrémédiablement sensible, j'étais si déconcerté que la spontanéité du bon mot me manqua. La position dans laquelle je l'avais surprise me travaillait l'esprit. Traumatisme d'Andromaque ! Je lui répondis donc en bégayant : « Désolé, j'ai tout vu ! » Pauvre type que j'étais ! Lourdingue à mort ! Maladroit à en mourir ! À côté de la plaque ! *Qu'est-ce que ce « désolé j'ai tout vu », en guise d'humour ? Putain, Charles ! C'est avec ça que tu comptes choper en France ?* s'était alors agacé mon surmoi. Heureusement, ce soir-là, les esprits de la nuit étaient avec moi. C'était ma soirée. L'histoire ne faisait que commencer. Et les annales qui vont avec. Ce soir-là, il était écrit noir sur blanc que j'allais pécho ! Par conséquent, je pouvais être le mec le plus lourdingue du monde, la bonne dame me trouvait impeccablement drôle… Elle riait aux éclats. Ce qui ne me rehaussait pas que les épaules, mais la bite. Laquelle était déjà fort tendue à cause de l'étranglement que je lui faisais subir. Il fallait donc libérer celle-ci de ses doubles naturelles et nécessaires attentes : *primum* pisser, *deinde* jouir.

J'avais accompagné Marion dans ses éclats de rire, profitant de la situation pour lui proposer un ultime verre au bar le plus proche, histoire de se séparer galamment, et non sur ce drame. Marion n'était pas dupe. Elle ne voulut pas de mon verre. Et comme ma chambre d'étudiant me faisait débander de honte, je proposai donc à l'amie pisseuse un café chez elle. Elle accepta l'invitation du pisseur.

Elle habitait dans un appartement situé rue de l'Université dans le quartier de Jean Macé. Lorsque nous pénétrâmes son immeuble, alors que nous discutions en rigolant, Marion se jeta sur mes lèvres sans permission, m'embrassant comme une sauvage, me plaquant contre la boîte aux lettres. Face à un tel abus, abus d'autorité, le chien étant fort chez lui, comme on dit au Cameroun, je bandais de colère… Et quand je fis savoir à Marion mon envie véritable de pisser à nouveau, la courageuse ouvrit ma braguette en rabaissant le devant de mon slip et sortit mon engin. « Vas-y, pisse ! » me somma-t-elle, sa main tenant fermement mon sexe. Ça la faisait rigoler. Elle me lança : « Allez petit joueur, pisse… » C'est alors que je lui fis un signe des yeux. Elle comprit qu'il fallait me tailler… Son vif regard noyé dans le mien quémandait ma reconnaissance, mon assentiment, ma domination. Son regard me disait : *Baise-moi la bouche... Fais-moi ce que tu veux... Gouverne mes trous…* Ce que je fis, à l'entrée de son immeuble, contre la boîte aux lettres. Et bim ! Une anecdote à raconter à mon vieil ami Herman, m'étais-je dit.

Marion était bretonne. En apparence, on lui aurait donné vingt-sept ans, en réalité elle en avait vingt-huit. En sondant son âme, je découvris qu'elle était en fin de vie. Elle avait roulé sa bosse, comme on dit dans le jargon. C'était une rousse. Tatouée de partout (le long du bras droit, bas du sein gauche, cuisses, bas du dos, fesses, mollet droit) et percée n'importe où (oreilles, langue, sein gauche, nombril, clitoris). Elle avait de beaux yeux verts, malheureusement tout le temps fardés. Ça faisait cliché. Cliché d'actrice porno appartenant à la double catégorie rousse et EMO. Sa bouche fine et étroite suffisait à peine à mes lèvres gourmandes, rosées et joliment charnues. Sa chevelure ondulée, longue et épaisse comme la queue d'un cheval, était constamment coiffée à l'aide d'un foulard couleur turquoise. Sa silhouette pyramidale, et donc ses utiles fesses rebondies, comme chantait le poète, marquaient toujours le midi, et plaisaient à ma main fouetteuse et chaleureuse.

Serveuse dans un bar place Bellecour à Lyon, elle avait une licence d'Hérodote dont elle ne se servait point. Par incuriosité. Par manque de mémoire. Enfin, je diffame, elle avait une mémoire, bien sûr qu'elle en avait une. Hélas ! Elle lui servait essentiellement à mémoriser les menus, les commandes des clients, la disposition des tables, les pourboires, sans oublier le faciès des clients. Très important de garder en mémoire le faciès des clients ! C'est obligatoire ! La caméra de surveillance est là pour mater des clients qui se curent les dents à l'aide de leurs pouce et index, ceux qui se doigtent sous la table, ceux qui recrachent dans leur plat ce qu'ils viennent d'avaler. Mais elle ne peut pas interpeller un client qui s'en va alors qu'il n'a pas réglé l'addition. La caméra espionne et les serveurs font du contrôle au faciès, ou tout du moins, du service au faciès. Alors, qu'avait donc Marion à me faire la morale ?

Marion fut, selon l'expression consacrée dans le pays de Molière, un plan cul régulier pendant deux mois. Après quoi, elle s'enticha d'un Jonathan, vegan, tatoué, adhérent au NPA, bandeur mou d'après ses propres aveux, ce qui ne la dérangeait pas. Elle aussi avait besoin d'un léger passage à vide, de se refaire une santé. Elle avait besoin de s'accrocher à d'autres mythes que celui du sexe. Et comme ça n'était pas une femme qui avait appris à retenir sa langue, elle m'avait confié une fois que son Jonathan était sapiosexuel.

— Sapio… quoi ? m'étais-je scandalisé.

— Sapiosexuel ! Tu connais ? m'avait-elle interrogé.

— Jamais entendu parler.

— C'est quelqu'un qui est sexuellement attiré par l'intelligence de son ou sa partenaire…

— Foutaise ! Qu'est-ce qu'on ne va pas entendre !

Je comprenais maintenant pourquoi son Jonathan bandait mou ! Marion s'offusqua de ma réaction. Je me justifiai :

— Marion, on ne peut pas à la fois être vegan, sapio, et vouloir bander comme il se doit. La verge n'est pas une feuille de salade. On ne la muscle pas en avalant de la verdure. La verge, c'est un *corpus spongiosum*, un tendon d'Achille, dirait mon ami Herman.

Et que répondit-elle ?

— T'es qu'un con, Charles.

Fin de la discussion.

Bruits et odeurs de l'enfance

Marion m'avait catégorisé sans-papiers. Elle ne faisait que répéter, comme la plupart des gens, une instruction publique, sans cligner des yeux. Derrière cette appellation ordinaire, c'était mon passé, mon histoire, mon enfance qu'on essayait de raturer. Un sans-papiers, c'est aussi un sans-histoire. Moi, je connaissais la mienne. Mais c'est en France que j'ai commencé à la voir et à la comprendre. Les souvenirs revenaient sans que je les appelle. Comme celui de notre ville de Mbandjock, une campagne sans charme distinctif située à cent kilomètres au nord de Yaoundé, connue pour ses plantations de canne à sucre et son usine de transformation, la fameuse SOSUCAM (société sucrière du Cameroun), filiale de la SOMDIAA qui avait employé le génie comptable et fiscal de mon père de façon si scandaleuse.

Notre maison familiale ne s'était jamais limitée à être celle de mes frères, de mes sœurs et de nos deux parents. Elle n'avait cessé d'accueillir, tout le temps, tout le monde. Je me demandais intérieurement, dès l'âge de huit ans, si tous les enfants de la terre avaient une vie comme la mienne. Avaient-ils des tontons à n'en plus finir ? Savaient-ils escalader leur portail pour échapper aux règlements familiaux en vigueur et retrouver des copains ? Savaient-ils marauder et grimper sur des goyaviers ? Prenaient-ils souvent leur douche sous de vives pluies en courant dans tous les sens ? Jouaient-ils tous les jours que Dieu avait créés au football ? Écoutaient-ils des histoires racontées par une tante, en compagnie de leurs frères, sœurs, cousins, cousines, voisins, autour d'un feu de bois, alors que toute la ville était plongée dans le noir ? J'espérais en tout cas que nos vies se ressemblassent.

Depuis le plus jeune âge, je multipliais les bêtises et bravais les interdits, grandissant dans une opposition non idéologique aux règlements intérieurs de la famille, ce qui me coûta quelques bonnes corrections.

Ma mère savait me rappeler à l'ordre en me châtiant les phalanges avec sa babouche. Ma grande sœur, dans un élan mimétique de la figure maternelle, me corrigeait également, lorsque je rentrais très tard le soir de mes balades non déclarées qui débutaient très souvent dès 8 heures du matin, après avoir bu ma bouillie de maïs et mangé mes beignets en guise de petit déjeuner. C'était un abus de droit d'aînesse. De sévères oncles et tantes n'hésitaient pas à me talocher la nuque… Mais eux, leurs comptes étaient assez vite réglés. Dès que mes parents étaient de retour à la maison, je courais déposer ma plainte, surtout auprès de l'incorruptible juge familial qu'était ma mère, un juge sans pitié qui savait dire le droit de sa maison et de ses fils et filles.

Mon père, malgré ses talents en comique ou tragique gestuelles, se contentait de me gronder sévèrement.

Et il savait gronder, il ne feignait pas ses colères. Elles étaient pures comme la coke. N'empêche que, même à ce père qui nous inspirait amour et crainte quotidienne, je désobéissais mécaniquement. Il suffisait qu'il tournât le dos, qu'il démarrât sa voiture et vaquât à ses occupations, pour que je fisse le contraire de ce qui m'avait été recommandé.

Lorsque mon père rentrait le soir, les filles de la maison lui servaient à manger. Il nous faisait asseoir à ses côtés, mes petits frères et moi. Il regardait le journal de la télévision nationale en mangeant avec une extrême lenteur, des pauses à n'en plus finir. Puis, il se couchait à plat ventre sur le canapé… et nous lui massions le dos, les mollets en tapotant façon couperets. C'était un rituel pour lequel mes petits frères et moi avions un véritable engagement.

Parfois, il découvrait au hasard de sa curiosité que mon institutrice avait rempli mon cahier avec des qualificatifs humiliant mon intelligence, honorant ma bêtise. Alors, il s'emportait comme il savait le faire et écrivait au stylo rouge une lettre incendiaire à la maîtresse, corrigeant les annotations qu'elle avait adressées à l'indiscipliné notoire et caractériel, au paresseux et turbulent que j'étais. Ma mère n'appréciait pas du tout cette façon que mon père avait de me défendre. Il fallait laisser la maîtresse faire son travail : me maudire. Mes deux parents s'embarquaient alors dans de vives disputations à mon sujet… Lorsque leurs querelles tiraient vers la fin, j'étais convoqué. Mon père me prenait dans ses bras, posait et frottait tendrement son front contre le mien. Il me bénissait sans mot dire. Et comme ni le wifi ni l'intelligence artificielle n'étaient d'actualité à cette période-là, il me transmettait son intelligence artisanalement. Il me contaminait. Au commencement fut le geste, non le verbe, comme le clament les Saintes Écritures ! Il savait, mon père, que mon intelligence était en cours de téléchargement, que ma médiocrité scolaire couvait un être solaire. Il ne fallait pas m'assaillir, bordel, mais qu'on laissât le génie opérer de lui-même. Il ne fallait pas me brusquer. *Festina lente ! E chi va piano va lontano !* Fin de citation.

Un enfant, c'est aussi fait pour désobéir à ses parents. Et pour ça, il faut qu'il y ait des règles intéressantes à transgresser. C'est en désobéissant à mes parents que j'ai pu intégrer, au fond, non pas leurs enseignements, l'éducation ce n'est pas un prêche, mais ce qu'ils avaient d'essentiel à me transmettre : la vie, l'amour, le courage, la liberté, le goût du savoir. J'ai raté la discipline.

De la clandestinité

J'avais réussi à m'installer de façon dissimulée chez Marion durant deux mois, mais la fin brutale de notre amour m'obligeait à revoir mes plans. Sans logement, sans papiers et sans plan cul régulier, je n'avais plus guère le choix. Je quittai Lyon, direction Viry-Châtillon, en région parisienne, pour me rendre chez un oncle, un vrai de chez vrai, petit frère de ma mère, qui vivait en France depuis plus de trente ans. Se rapprocher de Paris n'était pas plus mal. Je comptais bien y développer un réseau plus efficace et influent qu'à Lyon. Mon oncle s'était acheté, avec son ex-épouse suédoise, un confortable pavillon. Cependant, depuis qu'il avait été banni de l'ordre des pharmaciens pour une histoire de fausses ordonnances ou fausses facturations, et que son cas pendait en justice, le confortable pavillon familial était devenu, grâce à l'entregent de son fils, une auberge pour sans-papiers, camerounais pour la plupart. Le tandem vicieux ! Mon oncle avait quant à lui abandonné son pavillon pour aller vivre chez sa maîtresse. Son fils, dans les faits, ne se comportait pas simplement en usufruitier, mais tel un propriétaire sans comptes à rendre. Il était le maître des lieux. Il régnait sans partage sur les minuscules biens restants de son père. J'avais beau être son cousin, le seul membre de la famille à vivre avec lui dans la maison, il me traitait comme tous les autres : un sans-papiers de passage.

Dieudonné, mon cousin, avait bradé chambre après chambre. Cinq au total. Et plus il bradait, plus il se plaignait des charges qu'il ne payait plus depuis un bon bout de temps. Chaque chambre était occupée par deux locataires. À prendre ou à laisser ! Lorsque toutes les chambres furent occupées, mon cher cousin aménagea le garage, le grenier, la cave, et les mit en location. Les loyers étaient bon marché, compris dans une fourchette allant de cinquante à deux cents euros par mois. Cinquante pour les deux compagnons qui venaient d'Allemagne et qui avaient consenti à vivre dans la cave. Cent cinquante pour ceux qui avaient des chambres normales. Deux cents pour le couple dont la femme était enceinte de huit mois, une Française d'origine ghanéenne de dix-neuf ans (mon œil !) qui s'était entichée d'un vigoureux sans-papiers camerounais d'expression anglophone de vingt-huit ans (mon œil !). Un type profondément calme, brave et assez honnête. C'était d'ailleurs le seul « honnête » que l'on pouvait compter parmi tous les locataires. Il gagnait sa vie en tant que coiffeur dans le très chic quartier parisien de Château Rouge. Pendant qu'il tondait des crânes crépus, sa femme lui préparait à manger et regardait des séries nigérianes sur Internet.

Je n'appréciais pas beaucoup ce couple, surtout la Française. Elle oubliait parfois que cette maison était celle de mon oncle. Pas un oncle éloigné du village à l'image de Pierre. Non, oncle direct ! Ma mère était l'aînée de sa famille. Que cette petite concubine, jeune future mère, sans foyer véritable, s'amusât à me parler avec quantité d'arrogance, comme si j'étais son Médor qu'elle pouvait mettre à la porte, ne me plaisait pas, mais alors pas du tout ! Mais ça, c'était la faute de mon cousin, qui du reste, était lui aussi français. C'était lui, l'archicon de service, l'hypocrite en béton, qui avait nourri dans l'esprit de sa compatriote, cette future marâtre, le sentiment qu'elle pouvait jouer sa dame de fer, qu'elle pouvait commencer à tester ses humeurs maternelles sur moi, qu'elle pouvait hausser le ton et en fin de compte, qu'elle était dans cette maison davantage chez elle que quiconque. Et le quiconque en l'occurrence, c'était moi.

Cette activité de sous-location, qui avait beaucoup à voir avec l'humanitaire, représentait l'essentiel des revenus de Dieudonné. Mon oncle, alors en pleine déchéance sociale, touchant le fond, admirait maintenant les talents d'entrepreneur de son fils. Les deux se satisfaisaient des miettes qui leur parvenaient de la sueur et du sang de leurs locataires sans-papiers. Ceux-ci suaient et saignaient comme coiffeur, plongeur, vendeur de drogue, ouvrier dans le BTP, technicien de surface chez McDonald's. Un autre suait tous les matins à Barbès, où il se réfugiait dans un cybercafé avec trois complices. Ils s'étaient spécialisés dans le vol et la contrefaçon de cartes bleues. Ils travaillaient en étroite collaboration avec une bande de jeunes et ingénieux informaticiens qui se trouvaient au Maroc. Ils appelaient cette activité le *Tcha-tcha.*

Chaque soir, vers minuit et quelques, ces sans-papiers se retrouvaient à la maison et déballaient leurs cocasses aventures, leurs théories sur les femmes blanches, leur soif de rentrer au pays avec des sacs remplis d'argent. J'écoutais ces sacrés bonshommes d'une oreille. Je décelais pas mal de faux dans tout ce qui se racontait, mais surtout, je louais en silence leur débrouillardise.

Nous étions tous sans-papiers… même si dans ma tête, j'aimais me distinguer de n'importe quel individu, et tout particulièrement d'eux. Je me convainquais que d'ici quelques mois, j'allais pouvoir reprendre le chemin des études. J'avais fait un recours auprès de la justice concernant la décision de la préfecture de Lyon que je suivais de très près. J'avais aussi, dans la foulée, déposé quelques dossiers d'inscription dans des universités d'État et des écoles privées. Hélas, je perdais mon temps. En tant que clandestin, en tant que sans-papiers, je ne pouvais prétendre à rien, sinon à une vie de chien. Et encore, à Paris, la race canine jouit de droits extraordinaires. Elle m'était, à certains égards, éminemment supérieure. N'avais-je pas vu des Parisiens ramasser les crottes de chien, puis essuyer le cul de leur bête fétiche avec un soyeux papier hygiénique ? Ces soins appliqués, moi clandestin, je les observais avec beaucoup de jalousie.

Au nom du père

Sans-papiers, je ne pouvais être officiellement embauché par qui que ce soit. D'instinct, j'étais peu enclin à faire violence à mon corps en travaillant au black. Mon esprit s'efforçait de rester le plus sain et le plus sauf possible. Il veillait sur mon corps fragile, lequel portait encore les stigmates, les empreintes d'un début d'existence périlleux. J'avais bien essayé une fois de travailler comme serveur dans le bar du frère d'une petite amie. Le premier jour, j'avais fait tomber un plateau sur lequel étaient disposées cinq pintes de bière. Trois verres brisés. En plein happy hour ! Une heure plus tard, je renversai sur deux clientes les Affligem qu'elles avaient commandées, puis je m'engueulai avec un couple qui se trouvait à la table voisine. J'avais alors entendu le manager du bar confesser en coulisse à mon collègue qu'il ne pourrait me garder. Le lendemain, alors que je n'avais pas encore été viré et qu'on m'attendait à 11 heures pour faire du service, je décidai de ne plus remettre les pieds au bar.

Ma démarche était vaine, je zieutais les offres d'emploi sur le Net et je décidai de poser ma candidature à un poste de « chargé de mission » au Conseil départemental des Yvelines. J'envoyai CV et lettre de motivation. Juste pour le plaisir du geste. Juste pour voir si ma candidature, au-delà de toute considération administrative, pouvait attirer l'attention des recruteurs. Juste pour voir si les miracles existaient. Une semaine plus tard, un mail du Conseil départemental m'informa que ma candidature avait été retenue et que j'étais convoqué pour un entretien, vendredi à 10 heures.

Nous sommes vendredi. 9 h 50, je suis déjà au Conseil départemental. J'arpente les couloirs tapissés de rouge. On me fait asseoir et patienter. On me mate. Je croise les jambes, je sors un livre de mon sac à dos. La pose est parfaite. Aucune chance qu'on me démasque. On me fait entrer dans la salle pour l'entretien. En face de moi, un homme et une femme. Ils se présentent, me parlent du poste puis me passent la parole pour que je me présente à mon tour :

Je m'appelle Tsimi Elanga Charles, vingt-six ans. Diplômé de sciences politiques au Cameroun et en France. J'ai...

De temps en temps, l'un d'eux m'interrompt et me questionne sur mon parcours académique ou professionnel. Je réponds. Sans trembler. Mes vis-à-vis ne m'ont pas l'air si brillants. Ils se défendent bien, sans plus. Puis, l'homme m'interrompt à nouveau et m'interroge sur mes noms et prénoms.

— Mais alors, c'est monsieur Tsimi ou monsieur Charles ?

— C'est monsieur Tsimi. Charles, c'est mon prénom.

— Comment dites-vous ? Tsimi ? Mais vous êtes français ?

— Euh… non, j'ai la nationalité camerounaise.

— Et vous avez une autorisation de travail ?

— Euh… non… Mais si vous me recrutez, la préfecture pourra m'octroyer un titre de séjour avec autorisation de travail.

— Alors, depuis tout à l'heure on perd notre temps ? Monsieur Tsimi, si vous n'avez pas de titre de séjour, ça ne sert à rien. Désolé, mais on n'est pas ici pour faire du social. On va mettre un terme à cet entretien.

J'étais abasourdi. Je rêvais d'un miracle. J'eus droit à un petit con de service qui en plus de faire son travail, avait osé me titiller sur mon nom de famille. Nom qu'il prononçait assez mal ! Il prononçait *T-simi*. Non, monsieur Delacour, ça se prononce *Tchimi !*

J'étais atteint dans ma chair. Mon patronyme m'était précieux. Mon père, puis mes grands frères avaient fait de notre patronyme, Tsimi, une référence génétique, un symbole académique, une marque de fabrique. Nous existions, nous les Tsimi, à notre petite échelle. Les Goncourt étaient sans doute plus connus, à juste titre, à juste prix, à juste nationalité, mais je n'aurais troqué mon patronyme pour rien au monde ! Excepté peut-être contre Lumière… Charles Lumière, au lieu de Charles Tsimi, ça brille, ça frappe l'esprit tout de suite. La surclasse !

— Allô, monsieur Charles Lumière !

— *Ille ipse !* Qui est à l'appareil ?

— Votre banquier, Coulibaly Laffite Dutronc.

— Encore vous ! Faites chier ! Je n'ai pas le temps, mon pauvre ! Je travaille nuit et jour sur une invention. Pouvez-vous, par la grâce du Ciel, m'épargner vos démarchages pour gogo et clientélisme en tout genre ? Y a pas que l'argent dans la vie, Ducon !

— C'est Dutronc, et même Laffite Dutronc, restons polis, monsieur Lumière, je vous en prie.

— Dutronc, je vous vire éternellement de mes comptes. Ne vous en faites plus pour mon patrimoine ! Fini le portefeuille de renom ! Laffite, effacez mon numéro, ôtez mon nom de votre vade-mecum, oubliez-moi, je sais que cela sera impossible, alors pendez-vous ! Ayez l'audace de vous tirer une balle dans la cervelle ! *Ciao ! Auf wiedersehen tschüss !* RIP Coulibaly !

— Il faut vous faire soigner, monsieur Lumière. Votre génie n'est que folie…

— *Adios Laffitos de las Conas El de la Troncha ! Adios Idiota ! Adios El petita banquero de la Mierda !*

M'enfin, mon patronyme me suffisait. Tsimi n'avait sans doute aucune portée mondiale, aucune connotation franchouillarde ou européocentrique, mais ça n'était pas rien. À mes yeux, c'était tout. Mes grands frères avaient contribué à renforcer la puissance énonciative et évocatrice du patronyme. Ils furent mes premiers héros. Mes frères aînés furent les premières figures intellectuelles que j'ai admirées, respectées, pastichées, citées, et puis, tragédie du destin, houspillées.

Lorsqu'ils rentraient du petit séminaire, pour leurs congés, mes intellectuels de frères étaient la plupart du temps accompagnés de quelques camarades que j'appelais affectueusement « tonton ». En ce temps-là, j'ignorais qu'ils n'étaient que des tontons imaginaires, adoptifs. Les soirs, et ce jusque très tard dans la nuit,

4 voire 5 heures du matin, frères aînés et tontons adoptifs menaient souvent de vives discussions, d'intenses débats, de tonitruantes polémiques au salon. Sur Dieu. Sur Camus. Sur Cheikh Anta Diop. Sur Mongo Beti. Sur la Mort. Sur une Conjonction de Coordination. Sur une Épithète. Sur l'Amour… et que sais-je encore ! Je n'étais qu'un gosse. Un gosse qui, du fond de son sommeil, captait les coups d'éclat et coups de gueule de ce brouhaha intellectuel nocturne. Je distinguais les yeux fermés les voix de mes frères. Elles étaient, sans aucun parti pris, les plus intelligentes et lucides qui soient. Mes tontons adoptifs avaient beaucoup de mérite, ils étaient aussi percutants, stimulants, brillants. J'avais une petite part d'admiration pour eux. Cependant, il leur manquait quelque chose de très important, d'intrinsèquement convaincant, de sublimement subjectif : le nom ou l'esprit Tsimi. Avec ça, ils auraient gagné un fan. Peu importe que ce dernier fût un endormi, un ronfleur, un somnambule, un baveur, un péteur en douce, un rêveur. Un fan l'est toujours.

Ainsi, je sus, grâce à mon père et à mes frères, que le nom n'était jamais qu'un simple nom, un autocollant sans réelle portée. Le nom, ça peut être une chance, un paradis, une bénédiction ou bien une malchance, un enfer, une malédiction, un cataclysme. Le nom est un bonheur ou un malheur en soi. Judas Iscariote a été Judas parce qu'on l'a d'abord baptisé Judas. Idem pour Rocco Siffredi dont j'imagine déjà la progéniture portée au septième ciel *in nomine Patris*. Mais le pire, c'est quand le nom que vous portez, le nom de votre père, ne compte pour rien du tout. Ni pour vous ni pour personne. Dieu vomit les anonymes, c'est redoutablement écrit dans l'Apocalypse, au chapitre trois, verset seize.

Monsieur Delacour avait eu raison d'interrompre l'entretien avec un sans-papiers, mais sa question à deux francs six sous sur Monsieur Charles ou Monsieur Tsimi était digne d'un inculte !

Sex machine

Paris pue le cul, avais-je noté au stylo rouge dans mon calepin à mon arrivée à Paris. Sacrée belle ville infernale, dont chacune des artères sent l'art passé et le cul présent. Paris pue le cul. Paris respire le sexe. L'ambiance parisienne est digne du cul. Elle incite au cul, davantage qu'à l'égalité, au socialisme.

Il m'avait suffi de trois jours après avoir atterri chez mon oncle dans l'Essonne, et ce, sans m'être répété la fameuse phrase écrite en rouge comme une prière, pour avoir déjà rencontré coïtalement trois Parisiennes. On peut toujours m'objecter que c'était moi l'obsédé du cul, je ne pense pas que ce soit crédible. Je suis un poil trop émotif pour être un obsédé de quoi que ce soit. J'aurais pu sentir et dire *Paris pue le logement... Paris pue le travail... Paris pue l'amitié... Paris pue les papiers... Paris pue l'égalité...* La réalité m'aurait vivement rattrapé et tordu le cou en me rappelant à l'ordre :

— Tu délires Charles, vraiment ! Paris ne pue qu'une chose : le sexe !

— Comment ça, ça pue le sexe ?

— Réveille-toi mon Charly, c'est une évidence, un secret de Polichinelle. La tour de M. Eiffel sera détruite et remplacée par le plug anal vert géant de M. McCarthy.

— Pour quelle année, madame ?

— L'an 3000.

— Saperlipopette ! Que je trépasse avant ça... Qu'une crise cardiaque me foudroie en l'an 2099 ! Qu'Alzheimer me tourmente pour de vrai et de bon ! Qu'une cataracte veuille bien m'aveugler ! Que j'échappe à l'*annus* 3 000... et à tout ce qui le niquera ! Le plombera ! Le défoncera ! *Annus horribilis !*

Pour diluer mon insociabilité, capter les courants et les ondes extérieurs, je draguais donc des filles. Ô véritable passe-temps ! C'est ce qui me réussissait le mieux. Je me morphinais au sexe. Ecstasyque ! Bon Dieu ! Que j'ai baisé ! Étant plus fou qu'athlète du sexe, j'ai explosé mon compteur en France, sans jamais chercher à compter le nombre de partenaires qu'il m'a été donné de rencontrer depuis mon arrivée. Ces bonnes dames, dont je suis incapable de préciser le nombre, étaient âgées de dix-sept à soixante-deux ans. Je crois avoir conquis tous les âges qui protègent mon nom du déshonneur et de la justice... Je ne tirais pourtant aucune gloire de ces baises. Même quand j'en parlais à Herman, c'était plus par tradition amicale que par vantardise personnelle. Quant à leur profession, dans le désordre, je pourrais citer : shampouineuse, barmaid, étudiante, fonctionnaire territoriale, policière (j'ai détesté !), enseignante d'université, dont une mathématicienne suédoise (ses jambes, Seigneur !) et une chargée de cours en faculté de droit à La Sorbonne, assistante de direction, avocate, comédienne, photographe, psychologue (qui avait du mal à me comprendre), galeriste, journaliste (la profession regorge de sacrées pipeuses !), auteure de livre pour enfants, directrice de communication (radine à souhait !), commerciale, danseuse burlesque et d'opéra (quel corps !), enseignante en maternelle (une augmentation de salaire s'impose pour ces gens !), boulangère, vendeuse, médecin généraliste, militante de gauche, analyste financière (pas toujours très rusés ces gens)… Pour l'errant que j'étais, baiser avec ces différentes professionnelles n'était pas un détail. Pas un luxe. Je pénétrais également leurs corps sociaux, la société. Je les sondais. J'allais à la pêche aux infos. Je tentais de m'évaluer : étais-je à la hauteur de cette société, de leurs collègues ? Je devais lutter, le plus intellectuellement possible et le plus physiquement qui soit. À la guerre comme à la guerre ! Seule m'importait l'ivresse sexuelle.

Il m'était plus commode de suggérer à ces femmes que je draguais sur applis (ça revenait moins cher) de nous retrouver directement chez elles. Je prenais évidemment mille précautions pour que ma demande ne soit pas rejetée ou, disons, mal jugée. Je ne pouvais pas me permettre de séduire patiemment. La patience, sur ce terrain, était pour les autres, pas pour moi. Bien sûr, si j'avais été banquier d'affaires ou député de la nation, je n'aurais pas hésité à sortir à toutes ces bonnes dames le grand jeu de la séduction ! Je les aurais même fait fondre de patience. Mais en tant que clandestin sans coke à vendre ou revendre, je n'avais pas le temps pour ces comédies et autres conventions. Tant pis donc pour celles qui refusaient de me recevoir et qui voulaient à tout prix que nous allions d'abord boire un verre pour voir si le « feeling » y était. J'en avais rien à cirer !

Je n'avais rien à perdre ! Je devais m'inviter dans leur intimité, le plus vite et le plus agréablement possible… Cela pouvait m'assurer par la suite d'autres services, surtout si une bonne dizaine tombait raide dingue sous le charme de ma queue respectablement circoncise.

Je me faisais entretenir par ces femmes à mon corps défendant. J'étais à leur solde, mais je me défends d'avoir été un gigolo. Même lorsque je m'étais cru amoureux de Simone, chaude soixantenaire qui caracolait dans les neuf mille euros par mois. Elle était cadre dans une boîte quelque part dans le VIIIe arrondissement de Paris. Nous nous étions chopés sur *Adopte un mec*. J'ignorais que cette blondasse était pleine d'oseille. Elle n'avait rien mentionné sur la case travail de sa fiche. Tout comme moi. Enfin, j'avais fini par mettre *communiste*. C'était ça mon pauvre métier ! J'avais donc charmé Simone pour la seule et bonne raison que c'était une vieille qui aimait le style. Elle paraissait bonne. Je voulais la sauter. Simone habitait Orléans et travaillait à Paris. Elle restait souvent dormir dans un hôtel boulevard Saint-Michel, lorsqu'elle avait des choses à faire à Paris jusque tard dans la soirée.

Après notre premier rendez-vous dans un bar où elle prenait des cours de salsa, je l'avais accompagnée à son hôtel pour qu'elle puisse prendre une douche et se changer. Elle avait pris sa douche, mais elle ne s'était pas encore changée. À poil dans la chambre, elle s'enduisait de crème. Houlala… quel culot, la dame ! Le jeune homme que j'étais bandait comme un cheval. Chouette petit cul ! Chouettes petits seins ! Chouette petite bouche ! Quelle délicate ! Je me rapprochai alors de sa jambe pour y déposer un baiser… Là, elle me serra la tête fort contre sa poitrine. Mes mains s'agrippèrent autour de ses fesses molles. Bénie soit Simone !

Ce n'était pas son oseille qui m'importait, mais respirer l'odeur de ses aisselles. L'odeur du bien-être. Certes, Simone m'avait invité au restaurant, m'avait payé des BlaBlaCar, des billets de train. Elle m'avait fait profiter de ses nuits d'hôtel, mais ça s'arrêtait là. Aucun chèque encaissé.

Je ne vendais aucune illusion aux femmes que je rencontrais. Je ne m'inventais pas une vie. Elles ignoraient tout de ma situation. Elles n'imaginaient pas que je manquais de trois euros pour payer leur café. Quant à moi, je pouvais toujours mentir, dire que j'étais allergique à la caféine et commander au serveur un bon verre d'eau. À quoi bon raconter à ces femmes ce qu'était ma vie, ce que j'étais profondément ? Pour qu'elles me prennent en pitié, me prennent de haut, me sapent le moral, confirment que les étrangers ne cherchent que des papiers ? Je ne voulais pas leur faire ce cadeau. À chaque femme que je rencontrais, je savais instinctivement ce qu'il fallait raconter ou pas. Je savais précisément quand il fallait tricher sur mon âge, mon arrivée en France, mon statut du moment. Je savais quand j'avais intérêt à me présenter comme un brillant étudiant, un essayiste, un futur homme d'État, un futur redoutable écrivain, un futur diplomate ou un futur conférencier. Bref, des détails !

Étais-je alors un séducteur phénoménal ? Phénoménal, je l'étais assurément. Séducteur, non. Simplement, l'époque s'y prêtait. Et surtout, Paris ! Et nous autres, sans-papiers, n'avions que ça, pour remède, pour poison. Il nous était dix fois plus facile d'enchaîner des femmes que des entretiens d'embauche. Dix fois plus facile de s'envoyer en l'air que de se lier d'amitié avec je ne sais qui. Cent fois plus facile d'avoir du sexe que de trouver un logement. Mille fois plus facile de baiser sans cesse que de se faire régulariser par la préfecture. Un million de fois plus facile de se faire sucer que de convaincre un banquier de nous accorder un prêt, ne serait-ce qu'à hauteur du RSA.

Éloge du clandestin

Nos chers cousins, les bien-aimés touristes que tout le monde flatte et adore, eh bien moi, je les détestais. Enfin, j'exagère. Ayant fricoté avec pas mal de pimpantes touristes, je ne pouvais dire qu'une réelle détestation m'habitait. Était-ce alors du ressenti, de l'incompréhension, de la désolation, du mépris… de la jalousie ? Non, je n'étais pas du genre à jalouser… Ce n'était pas tant le touriste, bien que vulgaire dans tout ce qu'il incarnait, qui m'horripilait. C'était le culte du tourisme qui me dressait le poil. En tant que clandestin sans-papiers, j'avais en effet constaté que le touriste, lequel n'a franchement rien d'original ni de curieux, m'était socialement supérieur. Ses droits surplombaient les miens. Ce qui anime le touriste, à savoir son pouvoir d'achat, nous faisait, à nous autres, cruellement défaut. Ah, le pouvoir d'achat ! Voilà ce qui excite cet errant joyeux et consumériste. Voilà ce qui fait vibrer son âme. Sans argent, le touriste n'est pas touriste, il est sans-papiers, ou pire, il est ce qu'on appelle aujourd'hui un migrant. Et quand on s'appelle migrant ici-bas, on est fin prêt pour l'au-delà sans concert mémoriel.

Bon sang ! Ce sont eux, pas nous, qui polluent la planète avec leurs voyages low cost ! Ce sont eux, ces détenteurs de visas, qui enlaidissent les cathédrales. Ce sont eux, ces narcissiques qui désacralisent les lieux saints avec leurs écrans, leurs cannes à selfie. J'avais beau ne plus être un fervent chrétien, lorsqu'il m'arrivait de pénétrer dans une cathédrale, je le faisais au moins avec solennité, et par respect, je faisais même la génuflexion ; le geste avait son charme… Je réclamais en vain silence, cantiques, latin, dans mon cœur. Mais je n'entendais que du bruit. Pas de cantiques mais de l'anglais. Au lieu de voir des gens en prière, je voyais des gens en balade. La Sagrada Familia, quelle horreur ! Bon Dieu, que vont devenir d'ici peu les cathédrales occidentales ? Des hauts lieux de Cul sans culte, des refuges pornographiques. À quoi ressemblera la cathédrale de Strasbourg dans un siècle ? Une boîte de nuit pour bisexuels tatoués ? Un studio de tournage pour les héritiers de Rocco Siffredi ? Un sex-shop spécialisé EMO ? Je veux bien me réjouir de la fin des cultes, preuve que Nietzsche ne s'est pas trompé, *Gott ist tot*, mais le triomphe du Cul en lieu et place des Évangiles ne m'enchante pas du tout.

C'est également eux, touristes de tout poil, pas nous, qui partent dans les coins et recoins du monde pour réaliser leurs fantasmes sexuels. Au Sénégal, en République dominicaine, au Maroc, en Thaïlande, en Amérique latine, bref, partout dans le monde ! Est-ce à nous autres, clandestins, que l'on pourrait reprocher d'être des pédophiles en errance, en liberté ? Bien sûr que non ! Hélas, c'est quand même nous, les sans-papiers, que l'on traite de salopards.

Et avec tout cela, c'est nous qui serions la menace de je ne sais quelle civilisation ? Ah non ! La menace, et Ben Laden l'a prouvé, est d'abord dans les airs. Le touriste partage au moins ça avec le terroriste : les airs, puis le désastre. Désastre physique. Désastre psychologique. Le terrorisme islamiste, ça, tout le monde connaît bien… Et le terrorisme touristique ? On n'en parle pas ! Tabou mondial, n'est-ce pas ? L'ignorance fait son chemin, pendant que nous, misérables clandestins, sommes accusés de tous les maux de cette planète. Décidément, il n'y a pas que le chien que l'on peut accuser de la rage…

Le petit séminaire

Sans papiers, sans travail, sans perspective, j'étais suffisamment en détresse pour trouver refuge dans la foi, l'évangélisme métropolitain… Et Dieu sait qu'au Cameroun, j'avais été à bonne école. Mais c'était sans compter sur mon passage au petit séminaire. Six années en internat. Je ne saurais compter le nombre de messes, de laudes, de sextes et de vêpres auxquelles j'ai assisté.

J'étais entré au petit séminaire avec un minimum de bonne foi. En classe de cinquième, j'avais même succombé à une crise mystique. Elle dura un trimestre. J'eus moi aussi l'impression de marcher sur la mer, le sentiment d'être en relation directe avec Dieu, ou du moins de m'en rapprocher chaque jour qu'il avait bien voulu créer.

Passé deux longs mois et demi d'intenses délires surmoïques, incantatoires et divinatoires, la crise mystique s'échappa de mon être comme elle était venue, sans crier gare et sans que je n'y sois pour rien. Mes anticorps avaient fait le travail. Après cette bouffée délirante, je devins d'abord un incroyable rêveur. Lors des offices religieux, mon corps, contraint d'être présent, était bel et bien sur les lieux, mais mon esprit rêvassait pendant que des voix s'élevaient et entonnaient *Kyrie eleison* et *Gloriam*. Je m'élevais spirituellement, cette fois-ci, sans Dieu. Je refaisais le monde. Je m'imaginais à Yaoundé, à Moscou, à Dakar. J'adorais cette liberté que mon esprit pouvait avoir sur mon corps de séminariste, sur le corps du Christ, sur le corps social auquel j'appartenais. J'explorais mes fantaisies. Qu'elles étaient drôles et folles ! Je me faisais rire. Je me faisais peur. Je me faisais grand ou petit. Je prenais un air grave. Je vivais dans ma tête une autre vie que celle du petit séminariste que j'étais. Puis je me découvris une âme de solitaire. De lecteur. Lorsque les cours se terminaient, mes camarades séminaristes se ruaient sur les terrains de foot, de basket, de volley-ball. Moi, je me dirigeais dans la petite bibliothèque crasseuse mise à notre disposition. Je lisais. Pendant les récréations en marchant, pendant mes heures d'études, en cachette pendant les prières, au réfectoire. Extatique ! J'avais d'abord découvert Dostoïevski. Ce type était encore plus fou et fort que moi. Ce qui se passait dans sa tête, et ce qui en sortait, était terrible. Terriblement génial. La vigueur de cet épileptique m'éveillait l'estomac. Et puis, j'étais tombé sur Gogol. Son *Journal d'un fou* m'enchanta. Je me sentais partager quelque chose avec ces gens. Le dialogue entre ces écrivains et moi était établi. Un pur bonheur. C'est à ce moment que l'athéisme me saisit de toutes ses forces cérébrales. J'assistais à une célébration eucharistique pendant la Quadragésime quand je sentis mes dernières convictions agnostiques se séparer de moi. Divorce à l'amiable. À force d'ouvrir mes lèvres à la gloire de

Dieu, à force de me faire prêcher, à force d'avoir à mes côtés d'inlassables et admirables prieurs, le séminaire avait eu raison de ma foi. Je devins ce que je suis : un athée absolu, total, hermétique, étonnamment, entièrement. À la Prévert quoi !

C'est dans cette vie intérieure, faisant fi du réel qui me contraignait, que je fis ma première expérience de la clandestinité. Plus d'une fois, je fus pris en flagrant délit de fuite cérébrale par des éducateurs zélés au moment de l'offertoire ou de la communion. J'étais alors sévèrement puni. Pour atteindre mon esprit, rien de plus efficace, croyaient-ils, que la flagellation du corps.

Ces zélés maniaient prioritairement le fouet. Ils n'ont pas hésité à me lyncher avec une courroie dentée en caoutchouc, des lattes en bois, des tuyaux de gaz. J'ai été fouetté par des hommes en soutane : à genoux, debout, couché, suspendu par quatre « aînés » qui tenaient mes mains et mes pieds. J'ai été fouetté au réfectoire, au dortoir, en pleine chapelle, sous le regard complice du Christ, de la Vierge Marie et de saint Joseph le charpentier. J'ai été fouetté par des gens qui ne m'inspiraient rien de très valeureux, rien de très noble, rien de très sain. Je ne les respectais pas, bien qu'ils eussent toujours cru à mes génuflexions, mes lamentations, mes implorations de pardon et de pitié.

Aujourd'hui, ces saints fouetteurs ne sont pas encore au paradis. Ils sont sur Facebook. Ils font des selfies. Ils s'ennuient. Ils s'ennuient de leur célibat, de leur sacerdoce, de leur foi, de la Pâques, de la Pentecôte, s'ennuient des vêpres. Le clergé s'ennuie à mourir.

J'éprouve à leur égard une majestueuse indifférence. Aucune aigreur. Aucun désir de vengeance. Ils ne m'ont fait ni bien ni mal. Ils ont perdu leur temps, et le mien par-dessus tout. Leurs coups ont été terriblement insignifiants pour nous tous. Ils n'avaient qu'à laisser la vie faire son travail. Elle seule sait porter les vrais coups, les plus éminents, les plus décisifs, les plus formateurs : naissance, décès, maladie, guérison, vieillesse, chômage, voyage, échec, rencontre amicale ou amoureuse, dépucelage, rencontre d'un auteur, d'un livre. Les voilà les vrais coups ! Ceux qui marquent durablement, profondément, corps et esprits.

S'il avait dû subsister une once de foi durant mon passage au petit séminaire, le dernier coup de grâce lui fut porté lorsqu'une nouvelle inoubliable, fatidique, me parvint, un troisième dimanche du mois d'avril 2006. D'abord, sous forme de rumeur vers 18 heures, alors que nous nous dirigions en salle d'études ; ensuite sous forme d'annonce officielle après les vêpres par le recteur… Je n'avais que seize ans. Hervé-Gaston quatorze ans, non révolus. Lui aussi était au petit séminaire, en classe de quatrième. Je le convoquai en catimini et le briefai sur la conduite à tenir. Je lui recommandai un silence absolu… Je l'exhortai à ne pas pleurer devant nos camarades. Alors même que je le sermonnai, des gouttelettes coulaient silencieusement sur mes joues dégonflées… Hervé-Gaston, stupéfait de constater les limites naturelles de mon stoïcisme, ne s'embarrassa point. Il lâcha aussi quelques sanglots accompagnés de violents spasmes. Les images et les sons étaient insoutenables. Mais l'idée que l'on nous surprenne l'était encore plus. Je séchai donc vite mes larmes et celles de mon petit frère.

— Ça va, Gaston ! Faut être fort !

Je regardais autour de nous, voulant m'assurer que personne ne nous voyait pleurer la disparition de notre père. C'était notre recueillement. Notre intimité. Je ne voulais offrir aucun spectacle. Pas même à moi-même. Je ne voulais aucun voyeur. Aucun regard bienveillant.

Hormis ces quelques larmes versées en aparté lorsque j'appris sa mort, je n'ai plus jamais pleuré la disparition de mon père. Pas même le jour de son enterrement, où les jacasseries traditionnelles, les pleureuses professionnelles, les éplorés spectaculaires, les collègues de mon père superficiellement abattus me gâchèrent mon moment, empêchèrent mon être d'exprimer sa profonde déréliction.

La vie, ô misérable vie, ne m'a pas fourni cette occasion de pleurer comme il se devait. Et maintenant que j'y pense, elle ne m'a pas non plus permis de me recueillir sur la tombe de mon défunt père. Tout ce que je sais aujourd'hui, c'est qu'il est enterré quelque part, dans une brousse au Cameroun.

Ô Père, pardonnez à votre enfant cette non-offense, hélas cruelle !

Si seulement vous saviez que le sort d'orphelin ne fut qu'une étape. Que par la suite, l'humanité m'eût réservé celui de clandestin. Père, pourquoi donc un tel châtiment ? Dites donc, la Terre ne tourne quand même pas rond. Elle est carrée de folies humaines. M'enfin, Père, ce n'est pas grave. Je vais bientôt me rattraper, me décharger de cette quantité abondante de liquide lacrymal que j'ai noyée en moi et dans laquelle je me noie maintenant. Ce n'est pas grave, je vais bientôt me lancer à la recherche de vos reliques et vous bâtir une stèle. Bien plus imposante que celle d'un maréchal.

Fin de mois

Mon père étant décédé, ma mère mettait son salaire à disposition de la communauté familiale. Le maigre salaire de notre mère tombait généralement le 25 de chaque mois. Les 26 et 27 donc, étaient les jours les plus respirables. L'atmosphère était moins tendue dans la maisonnée. On changeait de menu. On faisait une pause sur le riz sauté que nous mangions tous les jours. On essayait de varier. Alléluia ! On se faisait des pâtes. On cuisinait du maquereau, et surtout, on se rachetait un énorme sac de riz pour les jours d'après. Les 26 et 27, on croisait les jambes au salon. On parlait d'études en Angleterre, au Canada, en France. On ambitionnait. Mais, dès le 28 du mois, les mêmes fâcheries réciproques reprenaient de plus belle. Les mêmes tensions. Les mêmes colères. Les mêmes agressivités. On sentait que l'argent commençait à manquer. Les angoisses se réveillaient. Je réclamais à maman l'argent pour telle ou telle activité : elle mettait ses mains en l'air. « Je n'ai plus rien, Charles. » Alors j'insistais, car une sourde interrogation me hantait : à quoi lui servaient les réunions avec des gens hyper costumés, dont certains étaient de véritables pontes du régime, de véritables nantis, dans lesquelles elle prenait plaisir à aller ? Elle s'y rendait tantôt seule, tantôt accompagnée de son retraité de mari, une espèce d'époux aimant qui fut notre accidentel beau-père. Mari tardif avec lequel nous avions une relation minimaliste. Sans éclat particulier. Sans amitié. Sans hargne. En ce qui me concernait, les relations avec l'époux de ma mère n'étaient pas au beau fixe. Conflit psychologique larvé, qui se traduisait dans mon attitude, par une légère effronterie, dans le regard et dans ma façon de marcher. De sorte que, s'il envisageait de me commissionner chez le Malien du coin, il se raclait sept fois la gorge pour adopter un ton extrêmement délicat à mon endroit. Ma mère ne me parlait pas de lui : tant mieux. Je ne parlais pas de lui à ma mère. J'aimais nos non-dits. Du reste, j'étais heureux de voir un homme l'aimer. Heureux de la voir aimer un homme.

Qui, dans les rues de Yaoundé, les rues de notre quartier, pouvait soupçonner que nous étions au bord du gouffre ? *Nemo !* C'était, je le crois, grâce à cette respectable villa clôturée dans laquelle nous vivions, propriété de mon beau-père, qui s'était cru bien inspiré, dans ses moments de prospérité, de se doter d'un portail portant la mention « Attention, chien méchant ! ». Cependant, il n'y avait plus de chien méchant dans la maison, mais un chat. Et un chat qui avait peur des souris. La villa étant clôturée, les voisins et autres étrangers ne pouvaient que nous imaginer vivre une vie d'abondance dans notre jardin, notre salon, notre cuisine, nos toilettes, nos chambres, nos allées. Maintenant que j'ai quitté le pays, je puis avouer librement, la tête haute, le sourire en coin, qu'il m'était arrivé, à plusieurs reprises, de n'avoir rien à manger. Des soirs. Des matins. Et bien sûr des midis.

Parisianisme

Un matin où, comme à mon habitude, j'allais scruter la boîte aux lettres débordante de l'auberge familiale de Viry-Châtillon, je découvris l'enveloppe tant attendue, tamponnée par le tribunal administratif qui devait valider mon premier recours. Je la décachetai nerveusement. Je parcourus les lignes et compris rapidement que le sort en était jeté. Le tribunal sur qui je comptais, sans vraiment compter, validait l'OQTF.

Bien que la loi, d'après mes intuitions les plus savantes, fût en ma faveur, le préfet m'ordonnait donc de quitter le pays comme un malpropre. Pour ces gens, je devais lever les voiles, vite fait, bien fait. Seul problème, je n'étais pas venu en France pour faire plaisir à ces fonctionnaires. Ah non, ah non, ah non, ah pas du tout ! Au nom de quoi, M. le préfet, agent de l'ordre républicain, me traitait-il ainsi ? Au nom de quoi devais-je me soumettre à sa décision ? Hors de question ! Il me fallait passer outre, résister, maîtriser l'art de la clandestinité, l'art de froisser les papiers et de me torcher le cul avec. J'en avais hélas l'habitude.

Pour narguer les nargueurs, et par découragement aussi, je décidai de ne plus demander quoi que ce soit à cet État. J'envisageais de vivre ma vie, en me soustrayant à l'État de droit, à sa curieuse République, à sa Fraternité, à sa société qui n'avait plus rien à voir avec celle du spectacle. Je m'en sentais profondément capable. J'étais prêt à rompre tous les codes et toutes les civilités qui me faisaient encore passer pour un jeune homme poli. Cependant, la commise d'office que je dus aller voir en traînant les pieds une semaine avant le fameux délai des trente jours, me renseigna sur quelques dispositions légales : la loi me permettait de faire un énième recours, ce qui pouvait rendre caduque, enfin, inapplicable, l'OQTF de M. le préfet. Mme la commise d'office me vendit son plan d'action. Je n'y voyais que des tracasseries futiles, mais il fallait que je me pliasse malgré tout aux règles, à la loi. Ce n'était pas le moment de jouer aux zadistes, aux Walking Dead. Je différerai donc mon esprit va-tout et va-t-en-guerre !

Mes colocataires sans-papiers avaient des petits boulots qui leur assuraient un petit revenu. Petit revenu qui leur assurait une petite, que dis-je, une nano-existence. Moi, je n'avais aucun petit boulot. Me sacrifier pour quelques énergumènes, plier le genou pour servir quelques patrons, quelques contremaîtres, courber l'échine pour mieux me faire exploiter par de méprisants imbéciles, pour quelques euros à consommer sur-le-champ, non merci. Cela m'aurait définitivement tué. J'avais mieux à faire. Pas d'argent dans les poches (et Allah seul sait à quel point j'en avais souverainement besoin, terriblement besoin), n'ayant aucune ressource, je n'existais pas aux yeux de cette société. Objection paradoxale ! J'existais, et cette existence, quoique niée quotidiennement, asphyxiée redoutablement, avait tout son pesant d'or à mes propres yeux de Tsimi. Au lieu d'enchaîner de misérables jobs, comme tout sans-papiers qui se respecte, je m'adonnais donc à quelques activités, lesquelles étaient loin de correspondre à ma condition, à mes besoins primitifs, à mes exigences immédiates. Pour autant, elles m'aidaient à vivre sans le moindre ressentiment. Elles me permettaient d'échapper à une mort cérébrale, qui pour moi, était la mort des morts. Je lisais. Stefan Zweig, Ahmadou Kourouma, Georges Bataille, D'Aurevilly, Baudelaire. J'assistais aux cours du Collège de France. C'était gratuit et il n'y avait pas d'examen. Je me pavanais de conférence en conférence où je tombais parfois sur de sûrs ignorants qui, sans le savoir, me racontaient ma vie. Je réfléchissais abondamment. N'ayant à cette période ni ordinateur ni bureau pour empiler la paperasse, mon cerveau s'efforçait d'archiver quelques notes, quelques phrases, quelques faits, quelques projets, quelques histoires. Enfin, quand le temps s'y prêtait, je bayais aux corneilles en terrasse. Bref, je faisais comme tout le monde faisait dans cette ville, du moins comme n'importe quel bobo parisien, je faisais comme si tout allait pour le mieux.

Mes activités, à vue d'œil artificielles, quelque peu intellectuelles, renforçaient une solitude déjà bien en place, bien installée. Elles m'excluaient de toute véritable solidarité envers ceux qui me ressemblaient, ou qui, à un moment ou à un autre, m'avaient ressemblé. Cette solitude, aussi redoutable fût-elle, n'était point le signe d'un avachissement, d'un dépérissement, d'un pourrissement. Elle était tempérée grâce à un cordon ombilical me reliant à la société qui m'était pourtant hostile. J'avais beau l'accuser de tous les maux, je ne devais pas lui tourner définitivement le dos. Je ne devais pas boucher mon nez, mes oreilles, fermer les yeux…

Comment je subvenais à mes besoins ? Comment je survivais ? Cela relève du mystère de la création ou de transsubstantiation !

Je me souviens d'avoir reçu une, deux, trois fois cinquante euros d'un frère, et une fois cent euros de ma mère. Je contractai des prêts modiques chez certaines amantes qui, Zarathoustra merci, avaient un rapport athéïque à l'argent et foi en l'homme que j'étais. Je ne les remboursais jamais ou alors je me promettais de rembourser une fois que je serais moins misérable. Et comme la misère se montrait très à l'aise chez moi, j'ébranlais la foi de mes fidèles maîtresses. Je vivais avec moins de cinq cents euros l'année, mais malgré cette effroyable réalité, j'échappais au tourisme des poubelles, au réconfort des mouches, à la puanteur des damnés, au regard sinistre des ébranlés. Au contraire, je traînais bien souvent dans de splendides appartements rue de Rivoli, boulevard des Capucines, dans le Marais. Je fréquentais quelque peu des hôtels trois, quatre étoiles du côté du boulevard Saint-Michel. Qui m'y invitait ? Des femmes ! Exclusivement.

Précis de précarité

Pendant que les préfectures de Lyon puis de Paris s'entêtaient à me refuser un titre de séjour mention étudiant, je continuais à mener, comme je le pouvais, ma petite existence de bohème.

On me voyait lire dans le métro de la grande littérature, *Les Diaboliques*, *Le Diable au corps*, *Les Démons*... Personne dans la rame n'aurait parié que l'intellectuel que je faisais était aussi nécessiteux que le clochard qui se trouvait là, face à nous, au milieu de nous, derrière nous, discourant avec une certaine éloquence et ayant pour lui le don de susciter la pitié, ce qui finalement, lui permettrait de récolter cinq euros maximum. Chiches les Parisiens, quand même ! Le spectacle des mendiants dans le métro me bouleversait. J'osais à peine leur sourire ; regarder ces frères de rang dans les yeux, leur parler, les écouter. Je me comportais à leur égard en bon petit Parisien ultra-pressé, décidé à moraliser la vie publique de ce pays, et donc à ne pas participer à cette forme de solidarité trop visible et contre-productive.

Bien au-delà des apparences, à peu de chose près, certains clochards et moi étions psychologiquement proches, complices. Je comprenais mieux que quiconque, dans le métro en tout cas, le speech des mendiants. Je percevais les foutus à vie et les foutus pour un temps, les lamentables menteurs méthamphétaminés et les francs misérables déshydratés. En outre, je constatais que, même dans ce métier nullement transformé par la révolution numérique, il valait mieux maîtriser la parole, *verbum caro factum est*… L'accent, le ton, les formules, comptant plus que la misère elle-même ! Mieux on vend sa misère, plus on gagne des centimes. Le passager, il faut le draguer, soigneusement, il n'est pas là pour partager son fric comme ça. Faut mériter, faut que le misérable montre qu'il fait des efforts pour trouver du boulot, que oui, ça coince, mais que ça finira par décoincer. Faut expliquer que sa vie a basculé du jour au lendemain, qu'avant, elle était tout à fait normale, un brin prometteuse. Bref, faut que l'on puisse s'identifier, et là, on peut toucher la corde *miserere* du public. Lorsqu'on s'adresse aux passagers à bord, il faut parler lentement, à voix haute, sans exagérer non plus, en articulant… Alors, le mendiant peut espérer quelques pièces d'une, deux, trois, quatre, cinq, six personnes maxi, lorsqu'il a eu suffisamment de talent pour susciter un bon effet de groupe.

Les compétences requises pour ce métier, mes amis les Roms étaient très loin de les avoir. Les malheureux étaient très mal cotés sur le marché. Ils étaient totalement inaptes à la concurrence, au renouvellement des pratiques marketing. Ils continuaient benoîtement à croire qu'il suffisait de lâcher un pitoyable « *s'il vous plè moussieur* » avec la main tendue pour interpeller le porte-monnaie des honnêtes citoyens. Quel manque de créativité ! Les Roms n'étaient pas au niveau. S'ils veulent, à l'avenir, faire fortune dans ce vieux métier qu'est la mendicité, aussi vieux que la prostitution, il va falloir s'adapter, faire des stages, bien se former. Ils doivent bosser deux choses : leur image et leur storytelling. Tout est histoire de com', le reste, pure branlette !

La précarité dans laquelle je vivais ne m'empêchait pas de goûter à un luxe : celui du temps gratuit. Plaisir extrêmement coûteux dont ne dispose presque plus le cortège des ravis qu'on rencontre à Paris : salariés quelconques, bénévoles vegan, start-upers écolos, managers multiculturels, footeux transnationaux, héritiers globe-trotters, comédiens parfois bourrés de talents, etc. Le temps, m'étais-je rendu compte, disparaissait sous l'effet de l'extraordinaire cinétique urbaine moderne. Les vies remplies qui m'entouraient jusqu'à l'encombrement se déclaraient sans cesse bien occupées. Pour leur arracher une minute de rendez-vous, il fallait s'y prendre trois jours à l'avance ; trente minutes, une semaine plus tôt, une heure, deux semaines avant… Je regardais, impuissant, ces vies pompées, shootées à l'occupation, la vitesse, c'est-à-dire la compétence, la compétition, la compétitivité quoi. Moi, je vivais dans une extrême lenteur du fait de ma situation, et donc dans une certaine incompétence, une évidente incompétition. Je n'avais ni emploi ni emploi du temps. Le temps vide emplissait mes journées. Et le vide manifeste de mes journées cachait de réelles et solides occupations existentielles : *que manger ? Chez qui dormir, et sous quel subterfuge ? Comment payer ma prochaine facture téléphonique ? (Le téléphone faisait partie de mon corps, autant que le cœur.) Comment échapper aux contrôleurs ? Comment ne pas me fâcher contre telle imbécile parce que j'attendais en vain un mandat de 100 euros qu'elle m'avait promis ? Qui baiser ? (Je ne pouvais qu'en profiter, puisque là, personne ne me demandait mes papiers...) Devrais-je me lancer dans le trafic de drogue ? La prostitution, y compris celle qui m'amènerait chez des homosexuels ? Quand est-ce que les préfets de la République française conviendraient qu'il était absurde de me pourrir l'existence et qu'il me fallait des papiers ? Que ferais-je demain si j'avais des papiers ? Retourner à la fac ? Chercher un travail ? Et ma noble mère, bon Dieu, ne méritait-elle pas enfin de se reposer sur mon cas ? Ne méritait-elle pas que son redoutable fils lui parle enfin le cœur délivré de ses misères quotidiennes ? Ne méritait-elle pas, à la veille de sa retraite, un appui de son fils ? Et si rien ne s'arrangeait ? Ni papiers, ni bon boulot... ni dodo... ni rien du tout... ?* Et ce n'est pas tout ! On est très loin du compte, mais voilà un peu le vide dans lequel je flottais.

J'avais tellement de temps qu'il confinait à la fois à une sorte de contemplation poétique… et d'ennui mortel. Mon être, dans ses ramifications les plus extrêmes, était voué à quelque chose qui avait beaucoup à voir avec la poésie. Moi, j'étais poétique ! Du moins, j'appartenais à cette civilisation. Parce que non seulement indigent, mais aussi clandestin. Vivant donc en marge, devant garder le silence même devant les gardiens de la paix, devant sourire même aux imbéciles pour espérer un improbable salut, devant me satisfaire de la pitié dont on voulait bien me gratifier. Cependant, je percevais dans cette société une aversion contemporaine envers la poésie. En tant que figure poétique par excellence, moi, Charles, j'en payais le prix fort. Cette haine anonyme, sans visage, démocratique, me harcelait.

Mes contemporains avaient l'insignifiant privilège de pouvoir surmonter leur ennui. Ils détestaient ce temps où rien ne se passe, si ce n'est la révélation de l'absurdité de la vie, la pleine mesure que nous ne sommes rien. Ils haïssaient perdre leur temps. Il s'agissait, pour tout dire, d'une haine du temps gratuit : de la lenteur, de la contemplation, du silence. Or, suffisait-il de perdre un peu de temps pour contempler, pour s'ennuyer, et l'on comprenait tous les trafics à l'œuvre dans ce bas monde.

L'ennui s'imposant à l'homme comme la mort, mes contemporains de Paris s'obligeaient à remplir leur vie. Et pour lutter contre l'ennui, ils adoptaient tous une seule et même arme : leur pouvoir d'achat. L'argent effaçait le temps, le temps vrai, celui qui prend de l'épaisseur en s'étirant. Crésus antidote de Cronos. Aucune idée, aucune force, aucune politique, aucune économie, aucune intelligence, même artificielle, ne s'est révélée à ce jour aussi puissante que l'argent. L'argent c'est notre civilisation commune. C'est la civilisation au-dessus de toutes les autres.

Cette civilisation, qui me faisait passer pour un barbare, et la civilisation poétique, dont j'étais un illustre témoin, étaient antithétiques. Elles ne pouvaient cohabiter, pour rien au monde, dans le même monde. En tout cas, pas en paix. Pas comme des camarades. Choc des civilisations, forcément.

Riche en temps, et fort de mon statut de clandestin, je bénéficiais de l'Aide médicale d'État, dispositif qui permettait aux personnes en situation irrégulière, lesquelles étaient forcément des énergumènes de basse condition, d'accéder aux soins. Quoi de plus naturel et de plus noble ?

Vivement malade !

Je décidai donc, un matin d'hiver, alors que je m'ennuyais à lire la première page du *Sanglot de l'homme blanc* sous ma couette qui commençait à sentir le renfermé, d'aller faire un bilan de santé. Le tout premier de mon existence. Après quoi, direction le dentiste pour refaire la propreté de mes incisives, canines, panser mes gencives et purifier mon haleine. Car, supposé que, le lendemain, les lamentables autorités de ce pays parvinssent à me foutre dehors et à me renvoyer tel un malpropre dans mon lamentable pays d'origine, je n'aurais vraiment rien gagné à l'affaire. Il fallait au moins déminer ma bouche. L'aubaine était à saisir. Ce que pouvaient raconter certains minables de ce qu'on appelait la Droite, la Gauche, le Centre, et leurs Extrêmes sur les dépenses publiques ne m'intéressait nullement. Leur discours et leurs mathématiques étaient d'un archaïsme pathétique. Ils rabâchaient. Ils recyclaient des vieilleries. Ils se singeaient. Leurs convictions, notre périclitation. Ces minables compteurs de la vieille France n'avaient, eux non plus, guère beaucoup de temps. Ils avaient cinq ans, pas plus, pour mettre la France en ordre, en compétitivité, en compétition, en réforme, en avant… Il fallait que le pays renoue avec ses racines, son histoire, et quelle histoire ! L'histoire qui racontait que la France est un pays de race blanche, catholico-romano-capitalo-porno… Cinq ans passaient, l'échec des uns faisait la réussite démocratique des autres, et ainsi de suite. Le progrès suivait son cours. Comment pouvait-on confier sa vie, la vie de millions de gens, la mienne comprise, à des individus qui couraient dans tous les sens, qui s'occupaient de mille choses, se bousculaient dans les couloirs des plateaux télévision ; des gens, en somme, qui n'avaient jamais le temps ? Ils assuraient, ni plus ni moins, le service de maintenance de ce bas monde, et croyaient en être les précieux et intouchables révolutionnaires ; ils pérennisaient le même, sous couvert de modernisme effréné. L'avenir de la France, et donc de l'humanité, ne se jouait probablement pas dans la dette publique, l'interdiction ou l'autorisation du voile, le grand remplacement, la PMA, l'écologie à bons frais d'une gauche moribonde, etc. L'avenir de la France était ailleurs et je faisais partie de cet ailleurs. Moi, métèque, j'étais à l'occasion, comme dans bien d'autres, plus « français » que ces défenseurs déclarés, officiels, acharnés de la République française.

Bref, ce matin-là, j'allai consulter un médecin. Histoire de me faire ausculter, scruter, analyser, peser, palper corps, bave, sang, urine, selles et larmes. Je voulais que mon cœur, mes poumons, ma gorge, mon foie, mes intestins, mes veines révélassent leurs pires secrets pendant qu'il en était encore temps.

Eh bien, ce fut une sage décision de ma part ! Le médecin qui me reçut, une femme admirable, me prescrivit une série d'analyses sanguines qui me conduisirent à faire des échographies et autres examens encore plus poussés. Résultat des courses, je découvris que j'étais malade. Ça ne se voyait pas, ça ne se sentait pas, mais mon foie était atteint. Un début de cirrhose hépatique me frappait ! Pour couronner le tout, je n'avais qu'un seul rein. Bordel, où était passé l'autre ? J'appris également que j'avais une rate effroyablement grosse (splénomégalie !) qui avalait peut-être mes plaquettes, qui elles, étaient anormalement basses. On me fit savoir enfin que j'étais drépanocytaire hétérozygote. Rien de dramatique, cliniquement j'étais sain, mais je devais éviter de faire un enfant avec une femme porteuse d'hémoglobine AS comme moi, car nous pourrions pour le coup mettre au monde un SS, être terriblement souffrant : drépanocytaire.

Tout ce vocabulaire médical qui se déversait dans mes oreilles en un temps record m'affligeait. Toutes ces nouvelles m'avaient ébranlé. À quoi bon vivre ? Ce n'était pas tant le diagnostic qui m'avait plongé dans un désespoir immense, c'était la situation générale de mon être. Gravement et durablement malade, j'avais atteint le summum de ma poésie. *Kyrie eleison !*

Mon médecin chercha à en savoir plus sur moi et me demanda ce que je faisais dans la vie :

— Ex-étudiant ! Diplômé en sciences politiques à l'université de Lyon III… mais actuellement, je suis sans-papiers ! lui avais-je confessé le cœur tranquille.

— Eh bien, vous allez faire une demande de titre de séjour pour raisons médicales ! C'est clair ?

La digne dame ignorait que son patient avait déjà accumulé les refus de quelques préfectures. Je devais maintenant compter sur la maladie pour avoir enfin le droit de vivre (malade) en France. C'était sur ces mauvaises nouvelles que je devais fonder mon espoir.

Je décidai donc de renoncer à faire appel devant le tribunal administratif en contestation du énième refus de la préfecture de me délivrer un titre de séjour mention étudiant. J'avais une nouvelle carte (vitale) à jouer, la carte de l'Africain malade, du pris en charge. J'allais remplir les statistiques de ce côté-là.

Ainsi donc avais-je un nouvel ennemi qu'il me fallait affronter : mon propre corps. Celui-ci pouvait me lâcher sans préavis. C'est d'ailleurs ce qui me serait arrivé si j'étais resté au Cameroun. La misère m'aurait coincé dans une espèce de contentement, la maladie m'aurait terrassé en silence, la mauvaise alimentation m'aurait affaibli, défiguré, et je serais mort comme des milliers de jeunes gens tombés avant moi, des suites de paludisme, typhoïde, choléra, cirrhose, infections pulmonaires, et de quantité de petites saloperies. Chacun y serait allé de sa musique : *sorcellerie*, *empoisonnement*, *Dieu*, *la Vierge Marie*…

En France, voilà, j'avais des médecins à ma disposition. Et ceux-ci m'avaient à leur disposition.

Avais-je le sentiment de profiter d'un système incroyablement charitable ? Aucunement. Au contraire, j'avais la courageuse impression que le système abusait de moi. Un peu comme ce patron peu scrupuleux qui baiserait sa collaboratrice mal payée pour ensuite lui accorder une augmentation de salaire. Un pauvre, un malade, une victime de viol, de famine, de guerre ne profitent jamais de rien. Même pas de l'accueil qui leur est réservé.

Sans domicile fixe

Mon cousin Dieudonné, constatant que je passais souvent des journées et des nuits hors de ma chambre, gagnait à penser que j'étais en pleines fiançailles quelque part dans Paris ou ses alentours... Il s'arrangea donc avec sa conscience pour se convaincre que je n'avais plus besoin de cette chambre que j'occupais à Viry-Châtillon, seule chambre du pavillon qui ne lui rapportait aucun euro. Seul lieu où je m'imaginais être inexpulsable. J'avais tout faux.

Après un week-end passé à m'oublier dans les bras de Noémie, et dans son merveilleux appartement du côté de Montmartre, je rentrai à Viry-Châtillon le lundi matin, aux alentours de 10 h 30. Je pénétrai le salon, saluai vaguement les sous-colocataires qui s'y trouvaient et discutaient football, puis me dirigeai vers ma chambre qui se trouvait à l'étage. Arrivé en haut, je tombai de ma chaise. La pièce était propre et vide. Mes effets avaient disparu. Mon cousin avait fait le ménage sans me prévenir. Devant accueillir un nouveau sous-colocataire sans-papiers qui faisait fonctionner son économie, il avait foutu mes affaires hors de là.

Il n'avait fait attention ni à ma paperasse administrative, ni à mes diplômes, ni à mes deux chemises blanches, ni à mes caleçons sales… Ma misère disséminée, mon bazar sacré ne lui inspiraient aucune crainte. Pour lui, tout cela n'avait aucune valeur… Il se foutait de savoir que tel cahier était le manuscrit de mon projet de coup d'État, tel autre cahier, un manuscrit inachevé de je ne sais quoi, tel autre encore, mon pense-bête… ! Savait-il seulement, le connard, ce qu'en français on appelait un pense-bête ?

Furieux, je descendis au salon demander des explications aux sous-colocataires. Personne ne répondit. Ce n'est pas qu'ils avaient peur de moi. Loin de là. Ils étaient tous plus baraqués que moi. Simplement, ils avaient compris que je ne comptais pour rien dans cette famille. Ils pouvaient continuer à lécher le cul de mon cousin, mais moi, ils me tenaient tête, mieux, ils pouvaient me toiser. Ils se foutaient de moi. L'un d'eux finit par prendre la parole :

— Go ask à Dieudonné, il est en bas…

— OK, merci ! ai-je lancé en tournant le dos.

À peine avais-je fait deux pas que j'entendis Dieudonné monter les escaliers. Il traversa le couloir où j'étais resté planté, devant la porte qui donnait accès au salon, puis partit rejoindre la cuisine. Je le suivis, et lui demandai nerveusement :

— Qu'est-ce qui s'est passé dans ma chambre ? Où sont mes affaires ?

— Oui, tu n'étais pas là. Tu es rarement là. Le pater a demandé que je mette la chambre en location car il a besoin urgemment d'argent… Il a dit que tu peux dormir au salon.

— Euh… pardon ? Je pense que ça ne va pas bien dans ta tête… Tu n'as pas le droit de toucher à mes affaires quand je ne suis pas là. Ce n'est pas toi qui m'as installé dans cette chambre…

— Celui qui t'a installé m'a demandé de te dire que tu dois dormir au salon…

— Non, je veux mes affaires et je vais dormir dans ma chambre aujourd'hui. D'ailleurs, où sont mes affaires… ? criai-je plus fort, convaincu d'avoir perdu dans ce déménagement forcé toute ma fortune et mes documents les plus importants.

Mon oncle et son fils me foutaient à la porte. Il fallait donc retrouver cet oncle pour lui cracher ses quelques vérités.

Je pris mon Samsung :

— Allô, Tonton, oui, c'est Charles, tu me mets à la porte, c'est ça… ? OK, je te dis merci, vraiment merci beaucoup…

— Mon fils, qu'est-ce que tu racontes ? Calme-toi… Qu'est-ce que cette histoire ? Ekié, est-ce que je peux te mettre à la porte ?

— Comment ça, je me calme ? Je rentre à la maison et mes affaires sont à la porte… Dieudonné me dit que c'est toi qui as demandé à mettre la chambre en location. Tu ignores que j'occupe la chambre ?

Et là j'entendis mon cousin que je n'avais guère sonné aboyer :

— Arrête de raconter n'importe quoi, Charles, tes affaires ne sont pas à la porte… les voici ici. Je les ai rangées et j'ai d'abord mis ça à la cuisine.

D'un signe de la main, mon cousin me présenta un sac qui se trouvait dans un coin, à côté du réfrigérateur.

J'étais sous le choc de découvrir la taille de mon patrimoine… Comment un sac aussi insignifiant pouvait-il contenir toutes mes affaires ? Il avait parqué tous mes biens, que je n'osais déclarer au fisc, dans un coin de la cuisine. Il fallait donc en plus que mes effets maltraités s'imprégnassent de leurs odeurs d'aloco, de poisson, poulet et porc braisés, de sauce samouraï et frites, de sauce d'arachides, de piment, de bâtons de manioc conservés au congélo… Pour cela, une nuit avait suffi.

Mon oncle, qui avait entendu ce plaidoyer canin *pro domo*, poursuivit au téléphone :

— Wèèèè, mon fils (moi, Charles), je te demande de te calmer… Je n'entends rien. Je vois que tu es très énervé. Je suis à Sarcelles, viens avec ton frère Dieudonné dans l'après-midi, on va régler ça.

Furieux, je me rendis avec Dieudonné à Sarcelles. Mais rien ne se régla. Mon oncle m'expliqua qu'il avait besoin d'argent. Il fit passer son fils pour un simple exécutant. Je lui rétorquai que j'avais besoin de stabilité et que me précariser davantage pouvait m'être fatal. Je lui demandai s'il ignorait ma situation actuelle. Bref, mon oncle soutenait que je pouvais et devais dormir au salon, ce lieu où les gens défilaient à temps et à contretemps. Je fis comprendre à cet homme qui m'appelait son fils qu'il était purement et simplement en train de me foutre dehors. Il me contredisait évidemment en arguant qu'en France, c'était comme ça… que je n'étais pas le seul à passer par là, etc.

— Tu me fais honte, Tonton ! Vous me faites honte ! En tout cas merci… Bye ! m'étais-je emporté, tout en mettant fin à cette réunion familiale.

J'aurais dû les mitrailler avec du Gide : « Familles, je vous hais ! »

C'est ainsi, sur ce non-dit gidien, que je devins un sans domicile fixe. Naguère, n'avais-je été qu'un découcheur compulsif, un bohémien mal à l'aise dans son cocon qui n'avait rien de familial. Nulle part en France, je ne pouvais dormir sur mes deux oreilles. Famille, amitié, amour ne m'étaient même pas des valeurs sûres. Leur hospitalité avait ses limites qui m'étaient tout à fait limites.

Où donc allais-je atterrir ? En journée, entre mes démarches administratives, mes rendez-vous médicaux d'un bout à l'autre de l'Île-de-France, je n'avais guère besoin de loger quelque part… Le soir, j'atterrissais à Montmartre, rue du Mont-Cenis, chez Noémie, laquelle ignorait la misère qui me constituait et me déterminait. Elle était en demande d'amour. En demande de mon regard critique sur la société. En demande de mes poèmes. En demande de ma figure d'intellectuel. Moi, en demande de son toit. De ses plats cuisinés avec le plus grand soin. De son regard… Au bout d'une semaine, il devint évident qu'on devait emménager ensemble. Enfin, démuni comme je l'étais, je me faisais tout simplement recueillir. Je squattais. Ma seule contribution dans cet appartement n'était pas de m'occuper de la vaisselle ou de faire à manger, mais de faire l'amour à Noémie. Je justifiais ainsi ma présence à ses côtés. Quant à elle, je percevais qu'elle se sentait suffisamment miséricordieuse à mes côtés. C'était son appartement, sa nourriture, son fric, ses amis, son travail… Je vivais sous conditions. Ces conditions-là.

Noémie savait que j'étais en situation irrégulière. Elle savait que je venais de perdre un recours devant le juge et que je m'apprêtais à redéposer une demande de titre de séjour. C'était un vrai casse-tête. À chaque fois que je me rendais à la préfecture pour déposer ma demande de titre de séjour pour « raisons médicales », l'insolente et belle dame qui me recevait, une brune à forte poitrine, grande taille, grandes jambes, me renvoyait chercher d'autres documents inutiles ou me faisait observer que l'adresse inscrite sur tel document ne coïncidait nullement avec mon justificatif de domicile, celui que Noémie avait bien voulu mettre à ma disposition. Elle était incompétente cette dame. Je l'exécrais. Je souhaitais qu'elle fût raciste, qu'elle me traitât de sale macaque pour pouvoir lui coller une gifle. Légitime défense, me serais-je dignement défendu à la barre. Malheureusement, cette pauvre dame n'était que méprisante à l'égard des riens de mon acabit. Et avec les lois françaises actuelles, lui filer une claque m'aurait coûté trop cher.

Tandis que mon être était humilié par les services de la préfecture de Paris, mon foie, lui, se faisait bien traiter par un brillant hépatologue dont le seul regard me donnait tout de même foi en cette France. Le virus hépatique avait été mis hors d'état de nuire.

Fin mai 2015, je déposai enfin ma demande de titre de séjour pour raisons médicales.

Célibattant

Le concubinage avec Noémie se passait bien. Ce qui ne m'empêchait pas de rencontrer charnellement d'autres femmes. J'en avais psychologiquement et physiologiquement besoin. Je me pansais auprès d'elles.

Étais-je véritablement infidèle à Noémie ? Évidemment que non. J'aérais mon système nerveux. Je tentais de me détourner de ma vie sous conditions. Quelle fidélité aurait-il pu y avoir, sinon celle d'un esclave à l'égard de sa maîtresse ou d'un nécessiteux à l'égard de sa bienfaitrice ? Je n'aurais pu supporter cette espèce de fidélité canine, liée à mon instinct de survie… J'aimais bien Noémie, certes, m'enfin, pas de là à ce qu'elle disposât de moi, l'infortuné, de façon entière, totale et exclusive. C'eût été un abus de pouvoir ou une prise d'otage.

Et Noémie, pouvait-elle être fidèle à mes malheurs dont elle ignorait les dimensions réelles ? Je ne pense pas.

À ma manière, en tout cas, je lui étais fidèle, car je restais fidèle à moi-même. Oui, fidélité bien ordonnée commence par soi-même. La fidélité à l'autre sans fidélité à soi-même est un acte d'abandon, le propre de la bonne, du boy, du salariat, de l'esclavage, de la prostitution… Lucide sur mon état et mes aspirations, je n'étais donc pas infidèle à Noémie. Avec elle, je ne trafiquais aucun sourire. Je n'avais pris aucun engagement : je me laissais vivre. Je ne cherchais pas à créer et à renforcer les conditions d'un amour que je savais, sentais impossible.

L'idée ombrageuse de la catastrophe virale planait au-dessus de ma tête. Sans compter ma crainte farouche des petites saloperies du genre gonorrhée, morpions, syphilis, chlamydias… Je les redoutais à chaque seconde. Je pensais qu'on pouvait les choper juste en caressant un clito avec ses doigts. Chaque pipi était l'occasion pour moi de contempler ma pine et ses alentours. Je veillais, j'inspectais, j'auscultais, je vérifiais qu'il n'y avait pas de boutons, pas de chancre, pas de démangeaisons, pas d'urine bizarre, pas d'odeur inquiétante. Une fois, je confondis même mon propre sperme, que je n'avais pas fini de vider dans le préservatif, avec un écoulement suspect. En serrant mon gland, j'avais vu un liquide blanc surgir. J'appelai immédiatement la fille que j'avais vue la veille. J'étais furieux contre elle ! J'avais mis une capote… mais avant ça, je crois qu'elle m'avait fait une pipe que je n'avais pas du tout appréciée. Bref, je courus chez le médecin, qui me prescrivit des examens… J'étais sain et sauf.

Chacune des femmes rencontrées et déshabillées m'était suspecte. Un banal nævus trop rouge ou à la morphologie pas assez ronde suffisait à faire naître en moi l'idée que ma partenaire était une potentielle contagieuse de je ne sais quelle maladie. Le plaisir sans cesse renouvelé que je recherchais se transformait mécaniquement en chemin de croix. Même lorsqu'elles étaient dentiste, à l'instar d'Annabelle, ou gynécologue, à l'instar de Laura, je me comportais face à leur nudité comme devant un piège qu'il fallait techniquement déjouer. Et pour cela, mon expérience de chasseur de brousse m'avait été d'un très grand appui. Adolescent, avec mes amis Poupon et Corbicheau, j'avais l'habitude des forêts sauvages, des terrains minés, les vrais, d'où l'on rapportait volailles et sangliers. Rien à voir avec le bois de Boulogne, ou même Fontainebleau. Les forêts que j'avais pratiquées jadis, requerraient davantage de flair, de résistance au mout-mout.

Sans ce flair-là, face à ces femmes nues, j'aurais sans doute perdu ma chère langue dans bien des cons qui n'en valaient pas la peine. Sans oublier que d'aucunes avaient le toupet de me demander si je pouvais descendre plus bas. Chemin faisant, j'allais forcément tomber sur un trou précis, lieu-dit Sodome, dans lequel je pouvais enterrer ma langue ou juste tourner autour… Celles-là pouvaient toujours rêver. Et, au lieu de me servir de ma puritaine langue comme elles en rêvaient, j'enculais les vicieuses de mon doigt d'honneur purement lubrifié et je faisais jouer mon pouce sur leur clitoris, je chuchotais à leur vagin. Certaines étourdies croyaient alors que je m'adonnais à un cunnimagnifilingus. Ce n'était que mes doigts ! Dès qu'elles avaient joui et moi aussi, je courais dans la salle de bains me laver les mains, me brosser les ongles, les dents et la langue… Puis, je retirais soigneusement mon préservatif, je m'assurais de son état, je vérifiais qu'il ne s'était pas percé, qui sait, *vagina dentata*… Enfin, je pissais, et je terminais mes excès prophylactiques en rinçant mon pénis et mes couilles à l'eau tiède.

Après six mois de concubinage, Noémie se fatigua de ma présence. L'étourderie amoureuse fit place aux froides motivations de la talentueuse directrice artistique à mon égard. Elle décida de mettre un terme à notre relation. Et donc de me mettre à la porte. Le prétexte ? Elle avait découvert que ma verge était allée voir ailleurs. Tchernobyl ! Catastrophe ! Nagasaki !

— Charles, t'es qu'un connard ! Je ne veux plus entendre parler de toi ! Lâche-moi, bordel !

Je voulais bien, mais il m'était impossible de lâcher Noémie ! Ma vie dépendait d'elle. C'était chez elle qu'arrivaient mes courriers vitaux : préfecture et hôpitaux. M'éloigner de sa boîte aux lettres m'était d'un véritable et profond inconfort.

Noémie me jurait qu'elle me transmettrait mes courriers, mais je n'étais pas rassuré, pas du tout. Était-il possible de faire confiance à une femme qui vous appelle son dieu, puis qui, six mois plus tard, vous jette comme un malpropre ? Alors, je me disais que cette Noémie pouvait aussi bien brûler mes courriers importants, et me faire ainsi rater des convocations essentielles…

Je dépendais désormais des caprices de la préfecture et de ceux de Noémie. Elles pouvaient toutes deux me traiter avec beaucoup de mépris. Pouvais-je en faire autant ? Pas vraiment ! Noémie était libre de moi ; moi je n'étais pas libre d'elle. Sa décision de me quitter était irresponsable et prétentieuse. On ne quitte pas un homme au bord du précipice de cette façon ! On négocie lentement la séparation, ou bien on reporte l'usage de son pouvoir discrétionnaire. Ou, plus responsable encore, on laisse celui ou celle en situation de faiblesse nous quitter.

Dégagé de Chez Noémie, rue du Mont-Cenis, au niveau des escaliers entre les rues Custine et Lamarck, je ne me voyais pas atterrir à nouveau en banlieue. Hors de question ! Et pourtant, il fallait bien déposer mes bagages quelque part. Où donc ?

Chez Anouck, cette joyeuse amante franco-béninoise, quarante-quatre ans, enseignante à la fac de Nanterre, qui habitait dans un 30 m^2 boulevard Sébastopol ? Impossible ! Elle aurait pris la poudre d'escampette si j'avais osé lui demander de m'héberger ne serait-ce qu'une petite semaine. J'aurais tout gâché ! Je devais me contenter de nos parties de jambes en l'air, lesquelles m'assuraient déjà les nuits de samedi ou de dimanche. Ça n'avait pas de prix. Je mangeais et couchais d'office le week-end chez elle, et dès le lendemain matin, lorsqu'elle devait partir à ses séances de yoga ou à la bibliothèque de Beaubourg, je quittais sa tranquille demeure.

Chez Anaïs, cette danseuse burlesque, vingt-huit ans, habitant un 45 m^2, dans le très morne XVe, qui appartenait à ses parents ? Oh que non ! L'intéressée m'aurait dit sans ambages : *va voir ailleurs si j'y suis !* Avec Anaïs aussi, je devais me contenter de nos rendez-vous du mercredi soir à son domicile. Je ne pouvais qu'apprécier et me satisfaire de cette façon qu'elle avait de me recevoir : ambiance tamisée, bougies parfumées, jazz en fond sonore, tenues légères, plats bio merveilleusement cuisinés… Ça tombait bien, je devais reprendre des forces. J'arrivais dans son appartement aux alentours de 20 h 10… j'y passais la nuit. Et quelle nuit ! Torride ! Anaïs aimait parler pendant l'acte. Je m'adaptais donc.

Et quand le matin pointait son nez et qu'elle devait partir travailler, je disparaissais avec elle.

— Alors, tu vas où toi ? me demandait-elle l'air de rien.

— J'ai un rendez-vous à l'ambassade du Cameroun à 10 heures. Et après, j'ai un article à boucler… et à 15 heures, rendez-vous chez le dentiste !

— Hum, journée bien remplie…, faisait-elle.

— Eh oui, ma chère ! lançais-je immodestement.

Dès qu'Anaïs et moi nous séparions, je courais me nicher dans un bar, le temps de trouver où atterrir pour la journée ou le soir. Un brave jeune homme venait alors m'importuner à la manière d'un serveur :

— Monsieur, vous désirez ?

— Euh, rien pour l'instant, merci ! J'attends quelqu'un… Sinon un verre d'eau en attendant, si vous voulez bien !

— Très bien, je vous apporte ça, monsieur !

Pendant que j'attendais un imaginaire quidam en buvant mon verre d'eau, je manipulais mon téléphone. Je proposais par texto à Gwladys et à Manon de passer chez elles dans la soirée. Le hasard faisait toujours en sorte que, lorsque Manon n'était pas disponible, Gwladys l'était, et inversement. Double entente secrète ! Ces deux filles, qui ne se connaissaient pas, se partageaient ma personne à la perfection, sans anicroche de quelque nature que ce soit. Elles arrivaient à se coordonner intelligemment. Et moi dans tout ça, j'exerçais mon sens du management !

J'hésitais à appeler Agathe, ma scandaleuse partenaire, ultra-soumise, qui adorait se faire appeler *chienne* lorsque nous baisions ou lorsque nous nous écrivions. Ne pouvais-je ordonner à cette *chienne* la garde de mes effets ? Ne pouvait-il pas y avoir un transfert de pouvoir ? De nos relations sexuelles vers nos relations simplement humaines ? Sérieusement, eût-ce été plus difficile de garder ma valise que de recevoir claques, bifles, et insultes ? N'aurais-je pas dû lâcher pendant nos ébats : « Salope, tu garderas mes bagages pendant un mois » au lieu de « T'es qu'une chienne, je vais te baiser… écarte tes… » ?

Bref, il ne fallait pas tout mélanger, tout amalgamer, tout confondre. Y a des règles tacites dans ces choses-là ! Et à la vérité, en matière sexuelle, on n'est jamais plus un maître qu'un esclave qui s'ignore. Ma domination était bornée. Elle avait malheureusement des frontières.

Si d'aventure je demandais un peu d'aide à Agathe, elle prendrait ses marques et ses distances. Si jamais j'avais laissé entendre qu'il fallait cohabiter pour un bout, bon Dieu, qu'est-ce que j'aurais morflé ! J'aurais perdu mon adresse du lundi, où je pouvais dormir gratuitement sur un sein et manger dans une pièce impeccablement propre. J'aurais perdu l'une des rares filles que je pouvais tranquillement gifler dans ce bas monde de brutes et d'hypocrites sans avoir peur des représailles sur Twitter. Agathe réclamait l'humiliation la plus totale et la plus sévère. Elle était servie et assouvie. Ce que femme veut, Dieu le veut. Étant à l'écoute, fallait s'y plier !

Allais-je préférer dormir à la belle étoile place de la République, plutôt qu'en banlieue à Étampes chez Myriam, à Juvisy-sur-Orge chez Chaihinez, à Sarcelles chez Marine ? Marine pourrait m'héberger pendant un mois. Je le savais ! Je le sentais ! Quant aux deux autres, une semaine sans doute, mais pas plus. Elles avaient un côté, comment dire… Bref, pas de banlieue pour moi. Je m'étais juré de ne plus jamais y habiter, même en cas de force majeure. L'ennui pourquoi pas, mais la mocheté sinistre de la banlieue, ça, non ! Pour moi, c'était la tombe. Je ne voulais pas revivre les instants que j'avais déjà vécus, laideur aveuglante par-ci, tristesse effroyable par-là. Je préférais le mal inspirant de Paris au mal déprimant de ses alentours.

Pendant donc un bon petit moment, mon mode de vie consista à défiler chez diverses femmes avec la seule casquette de l'amant fugace, du penseur solitaire. Aucune de mes bienfaitrices ne se rendait compte qu'elle avait en face d'elle un crevard, un SDF dont elle exploitait inconsciemment le pauvre statut. SDF qui exploitait à son tour la sourde détresse de ces femmes aux allures libérées pour certaines, libertines pour d'autres.

J'errais. Je flairais. Je mordais. Je bavais. Je quémandais. Je me rapetissais. Je mentais. Je me gendarmisais. J'escomptais à gauche et à droite un geste salvateur. Il fallait à tout prix taire le véritable Charles, pour peu que ce dernier existât encore. J'étais en réclusion.

N'étais-je alors qu'un minable calculateur ? Minable je l'étais, calculateur il me fallait l'être, mais en laissant toujours place à l'imprévu, à la fantaisie, à la folie, et donc au non-calcul. Par ailleurs, je refusais de manipuler ces femmes qui, avec un peu de temps, de caresses, de regards larmoyants, de douces et non pompeuses paroles, étaient éminemment manipulables. Ce n'était pas là mon destin.

Ces femmes pouvaient-elles démasquer le misérable sans-papiers que j'étais ? Les plus perspicaces d'entre elles étaient simplement effrayées par mon mystère, elles n'étaient pas rassurées par mon personnage taciturne. Elles flairaient une bizarrerie à mon sujet. Travaillées par le doute, elles s'abstenaient donc à juste raison d'entrer dans mon enfer. Avec toujours à la bouche cette mièvre excuse :

— Ce n'est pas contre toi, Charles. C'est pas toi le problème. C'est moi. Tu es magnifique… et je pense que beaucoup de femmes rêveraient d'être avec toi. Tu es gentil, intelligent, beau… Mais en ce moment, je ne sais pas ce que je veux, et il y a cette histoire avec mon ex qui me remue encore un peu… Je suis nulle, excuse-moi !

Foutaises ! Bien sûr que c'était contre moi, contre mon être… contre le flou qui me caractérisait… contre mes biens non dévoilés… mon domicile dissimulé… contre cette misère qui me couvait. J'avais beau la colorier en jaune, elle déteignait… ou finissait par déteindre.

Dans ma vie de clandestin, certaines femmes ont été des partenaires inespérées, au-dessus de la mêlée, au-delà de tous les préjugés. Elles ont été, pour le coup, ma véritable patrie.

La patrie ou la mort

Mon autre patrie, que je qualifie davantage de meurtrie, tant elle brûlait sa jeunesse, elle ne m'a jamais enthousiasmé. Face à la misère ordinaire et massive, face à la souffrance existentielle de mes concitoyens camerounais, face aux malheurs des jeunes gens, les têtes dirigeantes ne convoquaient jamais ce qu'elles appelaient la patrie. Jamais l'État n'était rappelé à ses missions, peut-être pas régaliennes, fallait pas trop en demander non plus, mais élémentaires. Les populations elles-mêmes avaient fini par admettre que les conditions dans lesquelles elles croupissaient étaient divinement méritées.

Fait cocasse : à chaque fois qu'il était question de football, les populations se révélaient être d'illustres patriotes. Et les élites étaient constamment là pour rappeler combien il était impérieux, honorable, légitime, obligatoire de supporter son pays. Obligation vendue pour morale. Républicaine. Démocratique. On se devait de faire vibrer le vert, rouge, jaune… le drapeau N. A. T. I. O. N. A. L.

N'était-ce pas la règle du jeu ? N'allait-on pas enfin démontrer, là, sur le terrain, qu'on était capable de battre l'adversaire et qu'on était donc humainement et politiquement respectable ? Dans cet élan patriotique, les élites étaient logées à la même enseigne que les populations. Ministres et généraux d'armée, au garde-à-vous, servant du café à des tapeurs de ballons ! Le football, comme le pays tout entier aimait à le répéter, était le socle de l'unité nationale. Dans ses discours de fin d'année à la nation, le président de la République ne ratait jamais une occasion de citer en exemple les footballeurs, lesquels avaient déjà remporté trois coupes d'Afrique des nations, c'est-à-dire trois batailles victorieuses, trois guerres de libération nationale. De quoi pavoiser ! Le président invitait les jeunes que nous étions à considérer ces footballeurs comme de véritables héros. Et comme presque tous ces joueurs nés dans la misère étaient devenus de gros millionnaires, difficile de contredire ce qu'on voulait nous faire avaler ! Ils étaient des modèles, des exemples à suivre au pied de la balle.

Il fallait donc s'extasier devant nos quelques compatriotes évoluant dans les clubs de football européens. Ces migrants africains de luxe représentaient la patrie, nous disait-on, étaient notre vitrine. Ils faisaient briller notre pauvre image dans le monde. D'ailleurs, un ancien footeux de l'équipe nationale avait été décrété « ambassadeur itinérant » par le chef de l'État. Allez savoir ce que ça voulait dire ! Partout, on l'appelait Excellence. Excellence Roger Milla ! Pour avoir fait quoi ? Quatre buts lors de la Coupe du monde 1990 en Italie. Le Cameroun était arrivé en quart de finale. Historique ! Premier pays africain à réaliser l'exploit.

Le pays était donc resté éternellement reconnaissant envers ce buteur sans qui notre image serait restée celle d'un État minable, peuplé d'indigènes incapables, sportivement arriérés.

Dans ces conditions, me démarquer du camp des patriotes, m'exiler de l'intérieur me semblait urgentissime. Je devins un contre-supporter des Lions indomptables. Cette fantaisie était jubilatoire. Je regardais les matchs pour une seule raison : que le Cameroun perde. Et il perdait. En cascade. 2008, 2010, 2012, 2013, 2015… Les Lions étaient devenus des chats. Fini les rugissements de la forêt, place au miaulement du taudis !

J'espérais, en vain, que ces échecs répétés nous éloignassent des aires de jeux, nous fissent comprendre l'incroyable énergie collective que nous gâchions dans ces compétitions internationales. À chaque défaite, c'était des parts de butin qui se rediscutaient au ministère des Sports, ou à la Fédération camerounaise de football, ce qui donnait lieu à des émissions de débats, en particulier les dimanches. Tous les dimanches. Ça s'engueulait ! Ça s'enthousiasmait ! Ça désespérait ! Ça chantait ! Ça pleurait ! Ça marketait ! Ça sponsorisait ! Ça mobilisait les masses rurales et citadines. Miracle ! Au nom du football.

En 2010, lors de la finale de la CAN qui opposait l'Égypte au Cameroun, je faillis laisser ma peau dans un bar à Yaoundé, au quartier Essos. C'était un dimanche ensoleillé. Mon ami Herman Onana m'avait proposé de l'accompagner au Québec-Bar, un bar branché et réputé.

— Man, je paie tout ! m'avait-il écrit par SMS pour achever de me convaincre.

— Même si j'invite une fille à notre table, lol ? répondis-je.

— Mdr, quelle fille ?

— Y a les meufs dehors, gars. On va les croiser au Québec.

— Haha, Brenda est au courant ? Tout cas, pas de problème, si une meufal vient sur notre table, je gère.

— Man, faut me laisser hahaha. On n'est pas marié ! Bref, on se dit rendez-vous devant le Québec alors ?!!

— 16 heures ?

— Yep !

— Tu vas te tchomber comment ?

— Mocassins en daim, tee-shirt blanc et mon jean que j'ai buy dernièrement et toi ?

— Ikiii ! Un gars toujours chaud, c'est vous les boss, non ? Gars, je vais mettre ma chemise blanche col mao, mon pantalon bleu foncé Zara, bretelles, espadrilles.

— Qui te peut ? Aboss, un gars chaud comme la braise ! Gars, à tout, faut qu'on soit là à l'heure pour les places. Ça sera blindé !

— T'as raison ! man, je go me laver ! À tout, je t'écris quand je suis dans le taco.

À notre arrivée, le Québec était plein à craquer. Restait dans un coin une petite table disponible où l'une des serveuses nous fit asseoir. Dans la salle, quelques visages nous étaient familiers. Herman aimait bien le protocole : saluer les gens qu'il connaissait à peine lorsqu'il arrivait quelque part. Ces accolades faciles pour faire populaire n'étaient pas ma tasse de thé. Pendant ce temps, j'espionnais les tables aux alentours, je tentais de repérer quelques filles (non accompagnées, bien sûr !).

Herman raffolait des fessues. Moi, j'apprenais encore, sous son opiniâtre campagne, à apprécier les vertus des vergetures, des grosses fesses, des fesses rebondies, des fesses à claque, des fesses « tumorales » comme il aimait à dire.

Comme dans tout bon bar dans le pays, ça bavardait extrêmement fort et on ne conversait point : on hurlait, on jacassait, on grondaillait, on bêlait, on affichait sa puissance… On rivalisait de testostérone, de muscles, de culs, de bites, de perruques, de thunes, de marques. Les coqs coqueriquaient en pavoisant. Les poules gloussaient en minaudant.

Les tables étaient inondées de bouteilles de Guinness et de Castel dont la moitié étaient déjà vides. Lorsque j'essayai de commander un jus de pamplemousse, mon ami s'y opposa :

— Man, c'est how avec toi ? On n'est pas à l'enterrement, laisse-nous les histoires de jus, là ! Malchance ! m'avait-il joyeusement lancé.

C'était lui le bailleur, le trésorier-payeur, le seul maître à bord. Je me conformai à ses exigences en prenant une Castel bien glacée qui m'accompagna tout au long des quatre-vingt-dix minutes d'imbécillités nationales.

Le match avait déjà bien commencé lorsque je faillis écoper d'une terrible gifle de notre voisin de table. Mon crime ? Avoir crié butoooooo ! suite à la frappe d'un joueur égyptien qui avait, malheureusement pour moi, manqué le cadre du but. Qu'est-ce qui m'avait donc piqué ? Con que j'étais, mon cœur avait sursauté, avant même que l'attaquant égyptien ne frappât la balle d'un formidable coup de pied. Je m'étais emporté, oubliant que pour les gens autour de moi, c'était plus qu'un jeu. Pas de place donc pour l'ironie, l'autodérision, le deuxième degré, le troisième, etc. Il s'agissait pour tous ces braves téléspectateurs d'un moment hautement patriotique. En criant butoooo, j'avais trahi la patrie. C'était grave ! Inexcusable ! La patrie avait besoin de tous ses fils rassemblés. Elle se faisait écraser par les Pharaons, par un score de trois buts contre un. Les mines étaient défaites. Certains pleuraient. D'autres étaient complètement abattus. Les plus pathétiques étaient sans aucun doute le cortège impressionnant de ceux qui s'étaient livrés à des paris sportifs, l'autre sport national. Mon voisin de table en faisait partie. Il me traita d'imbécile en essayant de me gifler. Herman intercepta le gros bras du monsieur en implorant un minable pardon à ma place, ce qui ne suffit pas à calmer l'abruti :

— Salopard ! Ignare ! Chien ! Ta maman ! proférait-il, en me menaçant de son abominable index.

Il écarquillait les yeux comme pour mieux m'impressionner. Ses compagnes de table et son ami l'encourageaient à me foutre un bon poing dans la figure. Je tremblotais en toute discrétion. Cette histoire pouvait mal finir. On aurait pu casser une bouteille sur ma tête. Et là je serais tombé raide mort. Je ne souhaitais intérieurement qu'une seule chose : que les demandes de pardon répétées d'Herman fussent entendues. Même si, de mon côté, je continuais à braver les insultes de mon agresseur par une attitude défiante et arrogante.

J'étais heureux de voir le Cameroun perdre lamentablement. Si la patrie avait gagné, je n'aurais pas survécu à l'atmosphère. On aurait eu droit au décret du chef de l'État le lundi suivant la victoire : férié, chômé et naturellement non payé sur toute l'étendue du territoire national. On aurait réservé à ces nationalistes atypiques un accueil triomphal, impérial, à l'aéroport. On leur aurait déballé le tintamarre habituel : tam-tam, tambours, trompettes, balafons, danseuses traditionnelles payées un bol d'arachide, chants patriotiques, hymne national et j'en passe. On aurait eu droit à ces millions de Camerounais, follement, subitement FIERS d'être camerounais, oubliant que deux jours plus tôt, une femme enceinte avait trouvé la mort devant un hôpital faute de soins ; oubliant que deux jours plus tôt, en plein centre-ville, un grumier avait écrasé un moto-taximan et ses deux passagers ; oubliant que deux jours plus tôt, le FMI était passé chez le président de la République pour nous apprendre que nos finances n'étaient pas bonnes, notre dette trop importante, et qu'il fallait donc faire de conséquentes économies et réduire les fameuses dépenses publiques.

Herman me reprochait bien souvent d'être trop sérieux. Il soutenait qu'il fallait savoir par moments se laisser porter par l'émotion collective. Tout ne peut pas être sous l'emprise de la raison, me raisonnait-il. Il se goure, l'Herman. Pas cette émotion-là. Non, pas elle !

Le pays ne jure que par ses stars de football. Quant à la marmaille de gamins qui courent après la balle, dans les quartiers, on n'en a strictement rien à cirer. On se fiche de leur bonheur gratuit. La nation ne s'intéresse qu'à ses enfants qui ont réussi. « Et qu'est-ce que ça veut dire réussir ? » demandai-je alors à mon ami. Il n'arrivait guère à me répondre. Je répondis donc à ma propre question. Réussir, au pays, ça veut dire, émigrer, gagner plein d'argent, devenir une star. Pour le reste, tant pis ! Ce qui plaît avant tout aux patriotes, c'est l'étincelle, le bling-bling, les paillettes, le flash, les unes, le selfie, RFI, France 24, Euronews.

Au Cameroun, ils se disent patriotes. Je me tape le cul au sol. Patriote mon œil, ma dent, mes poils ! C'est la cupidité qui les rassemble. La soif. La faim. Le fantasme. L'oseille. Le cauchemar pris pour le rêve. On est prêt à troquer un médecin contre un tireur de coup franc. Un écrivain (génial écrivain) contre un milieu de terrain. Un conteur traditionnel contre un chauffeur de banc de touche. Un architecte contre un latéral gauche. Un géomètre barbu contre un arbitre chauve. Une bibliothèque de quinze mille ouvrages contre un stade de foot sans gazon de neuf cents places. Un Charles, moi en l'occurrence, contre le vide dont la nature a pourtant horreur.

Parfait Owona

Mon être, à force de dispersion, commençait à montrer quelques signes de faiblesse. Ma vérité était menacée d'éclater aux yeux de tous. Il me fallait vivoter autrement. Question de souffle ! De survie.

J'étais entré en contact avec Samy, lequel, jusqu'alors, n'était qu'un ami virtuel sur Facebook, habitué à cliquer sur « j'aime » à chacune de mes publications sur l'actualité politique en Afrique et dans le monde. Il trouvait que j'avais une force d'analyse et d'interprétation au-dessus de la mêlée. Il me révérait. Son regard sincère sur mon humble personne ne pouvait que susciter en moi une vive reconnaissance et, fait également rare, une disponibilité amicale. Samy était un respectable étudiant camerounais en management devenu sans-papiers. Je proposai donc à cet humble admirateur de nous rencontrer pour un café à Montparnasse, histoire de faire connaissance. Il accusa vite réception et nous nous vîmes une semaine plus tard.

Nous discutâmes de quantité de sujets politiques d'ici et d'ailleurs. Au cours de la conversation, je me retrouvai en train de lui parler de mon pauvre oncle qui avait préféré brader l'ultime chambre de son pavillon plutôt que de m'y laisser vivre gratuitement. Samy n'avait pas l'air très étonné de mon récit. Il me raconta alors ses déboires avec quelques membres de sa famille installés ici en France… Chez Samy, on n'avait pas affaire à des bradeurs, mais au Front national. Sa tante, chez qui il avait vécu, le couvrait de mépris, d'insultes et l'exploitait. Samy, qui était plutôt d'un tempérament bouddhique, n'avait pas fait tout un scandale, lui… Il était parti de chez sa tante lepéniste sans crier gare et avait intégré une colocation à Choisy. Contrairement à moi, il n'était pas sans le moindre revenu. Son feu père, mort un an après sa venue en France, avait laissé quelques biens au Cameroun que sa mère gérait assez noblement, ce qui lui assurait une rente parfaitement modeste d'étudiant… Nul besoin de se prostituer, de se plier en quatre, de vendre sa force de travail aux patrons les plus véreux.

Samy m'invita trois jours plus tard à passer la journée dans sa colocation à Choisy-le-Roi, ce que je fis, mais j'y passai également la nuit. Je fus présenté aux autres colocataires (Guy Som, étudiant en finances, Dominique Alima, sans-papiers, agent d'entretien, et Kévine, Français d'origine congolaise, agent de sécurité à Bercy) comme un grand penseur camerounais. Ils étaient deux par chambre. Celles-ci me paraissaient spacieuses. Ils n'étaient pas serrés comme dans une boîte de sardines. En plus, c'étaient des jeunes gens qui avaient le souci de l'ordre et de la propreté. Ils tenaient tous à maintenir l'appartement hautement vivable.

Il y avait une chambre inoccupée. Quelle aubaine ! Je demandai à Samy et compagnie s'ils pouvaient déposer ma candidature auprès de leur bailleur, bien qu'en mon âme et conscience, je ne susse comment j'allais faire pour payer ce loyer à 250 euros.

Je contactai Octave et Théodore, mes deux grands frères, en toute urgence… L'un me transféra 200 euros via Western Union, l'autre 150 euros via MoneyGram. Ils auraient bien voulu multiplier leur donation par mille… mais ils ne le pouvaient.

Ma candidature fut acceptée par le bailleur. Je devais y rester trois mois. Cependant, à l'issue du premier mois, je n'avais plus aucune ressource ou promesse financières qui m'eût permis de payer le loyer. En plus, et c'est ce qui fut décisif, le bailleur avait décidé d'accueillir un nouveau colocataire. Et comme j'occupais à moi seul l'une des trois chambres, la nouvelle recrue devait loger dans la même chambre que moi. J'avais fait savoir à monsieur le bailleur, voyou à col blanc, qu'il était hors de question que je partageasse 9 m^2. Je lui avais dit qu'il me fallait un *lebensraum* conséquent, sinon l'intellectuel étouffait.

— Quoiii ? s'était-il exclamé au téléphone.

Quel inculte ! Un peu d'allemand et le voilà perdu. Il ne connaissait rien aux débuts de la géopolitique. J'avais donc précisé :

— Monsieur, j'ai besoin de mon espace vital.

Comme tout intellectuel qui se respecte, était-ce trop demander ? J'expliquai à monsieur le bailleur qu'il ne fallait pas ajouter de la précarité à la précarité, qu'à ce rythme, il contribuait lui aussi, comme tant d'autres, à me gâcher l'existence. Il me proposa donc de payer 350 euros au lieu de 250, si je tenais à rester seul dans la chambre. Proposition rejetée ! Je n'eus d'autres choix que de quitter la colocation à la fin du mois.

La veille de mon départ de Choisy-le-Roi, Alima Dominique, le coloc agent d'entretien, recevait dans sa chambre un ami qui venait d'arriver en France. Bien qu'extérieur à leur tête-à-tête, l'on pouvait deviner qu'il s'agissait de retrouvailles de deux vieux amis. Ils s'étaient quittés huit ans plus tôt, lorsque Alima avait pris la route pour l'Europe.

Alima avait fini par nous convoquer pour nous le présenter. Samy, Guy, et Kévine se rassemblèrent autour d'Alima et firent connaissance avec son pote. Ce n'est que trente minutes plus tard que je fis mon apparition. On me présenta (à) l'invité du jour.

Qu'il avait les joues creuses ! Ça rendait son sinistre visage particulièrement rugueux, osseux, sinueux. Son large front cachait assez mal ses yeux, finement globuleux et bien jaunâtres. Son regard inspirait beaucoup de pitié. Il avait sur ses bras musclés et secs quelques tatouages assez mal faits. Une boucle en forme de crucifix pendait à son oreille gauche, à la manière des afro-punk des bidonvilles de Luanda. Il m'était difficile de regarder ce jeune homme en face, comme un ami, un frère, un humain.

Je m'étais contenté d'un rapide bonsoir. Ça se savait de tous : je n'étais ni bavard ni chaleureux. Par conséquent, mon attitude à l'égard de l'hôte n'inquiétait guère mes colocs.

Pendant qu'ils discutaient tous les cinq et se disaient des choses parfois très drôles, parfois très intelligentes, parfois très médiocres, dans cette chambre devenue soudain étroite, le visage de ce malheureux prit subitement un tout autre aspect à mes yeux… Ma curiosité titillée, je me décidai à regarder profondément et véritablement le visage-cliché de l'ami d'Alima… Et là, alors que personne ne s'attendait à m'entendre participer à l'échange, je m'écriai :

— Parfait Owona… mais c'est toi Parfait Owona ! Le djo de l'ambassade qui n'avait pas eu son visa.

— Ekié, vous voyez alors la sorcellerie, les gars (tout en riant)… C'est moi-même, gars ! Depuis là, ta tête me dit quelque chose. J'étais sûr qu'on s'était déjà vus quelque part.

— Bien sûr, au Camer, devant l'ambassade de la France.

Comme si je venais de proclamer notre amitié, et comme s'il n'attendait que ça, le Parfait se leva, heureux d'exister enfin à mon regard, se rapprocha de moi et me prit dans ses bras en balançant :

— Wouar Mbeng… le monde est petit, gars. Il n'y a que les montagnes qui ne se croisent pas. Dis donc, gars, tu as changé ! Tu respires Paname, frère.

Le jour de l'obtention de mon visa, j'avais aperçu un jeune homme pleurant à chaudes larmes, se roulant sur le sol, criant tel un porc qu'on égorgeait pour les fêtes de fin d'année :

— Oyooooo ! Oyoooo ! Ouèèèh a Zam woam… wokolooooo… akiaaaa… akiaaa… ikiiiii… Ouèèèè Seigneur ! Le visa ohhh !

Je me contentai de dire aux colocs que j'avais croisé Parfait à l'ambassade le jour où j'étais allé retirer mon visa. Je ne voulus pas marcher sur l'honneur d'un homme en racontant à l'assemblée l'état lamentable dans lequel je l'avais rencontré.

La conversation reprit de plus belle entre Parfait et les autres colocataires. Je me repliai dans mon rôle d'observateur. Je les écoutais, tout particulièrement notre hôte dont les révélations sur son odyssée me captivaient et m'illuminaient. Le bonhomme, mine de rien, forçait mon respect.

Ça polémiquait. Samy soutenait mordicus qu'on ne pouvait pas passer trois jours sans manger et sans boire, ce qui suscitait un sourire moqueur et supérieur de Perfecto, comme l'appelait son ami Alima :

— Tu dis que quoi ? fit ironiquement Parfait.

— Que quelqu'un ne peut pas do trois jours sans tchop, sans drink. C'est scientifique, j'ai vu ça dans un documentaire YouTube sur les besoins du corps humain…, insista benoîtement Samy.

— Gars, laisse ça ! trancha Parfait. J'ai fait huit jours sans eat, sans drink au Maroc dans le désert… et le day où j'ai drink, c'était l'eau des chameaux. Si je faisais encore un jour sans boire, j'allais boire mes urines…

Guy Soukomlo lança :

— Si tu parvenais déjà à pisser, mon type…

La pièce éclata de rire.

Owona me fascinait à plus d'un titre. Je ne voyais plus simplement le visage d'un mourant, mais celui d'un ressuscité d'entre les morts. Le visage rugueux de Parfait m'inspirait quelque chose de plus précis et de plus chaleureux. Je pouvais désormais regarder l'énergumène sans cligner des yeux. Je percevais son âme. J'entendais son appel secret, son cri silencieux : *Seigneur, viens à mon aide... et ma bouche publiera ta louange !* En tant qu'ancien séminariste, je savais que pareil appel était pure folie. Il fallait donc prendre ses responsabilités et informer ce pauvre Parfait qu'il n'y avait pas de Seigneur. Et même, admettons qu'il en existe un comme l'attestent les Évangiles, Jésus lui-même n'avait-il pas été incapable de s'aider ? *Eli, Eli, lama sabachtani !* Terrible aveu ! Et tout juste après ces paroles, Jésus creva. La suite de la légende, on la connaît, foutage de gueule ! À mes quatorze ans, j'avais été témoin de l'agonie d'un oncle, terrassé par le paludisme. Il convulsait en criant : *Nti ! Nti ! ééé Zama... Me teu wou ! Dieu ! Dieu ! ééé Seigneur... Je meurs !* Trois jours plus tard, les croque-morts ne donnèrent aucune nouvelle de mon oncle. Un mois plus tard, pas de signes, deux mois plus tard, enterrement de l'oncle sans miracle. Alors, cette histoire d'appeler le Seigneur à son secours quand ça va mal, c'est le début de la fin.

Parfait Owona nous raconta alors son parcours. Après le refus de l'ambassade de lui délivrer un visa, il avait entrepris de prendre la *route* pour venir en Mbeng, sur les conseils bien aimables de son pote Alima.

Nul n'est censé ignorer la loi, répète-t-on avec un constant aveuglement dans les républiques d'inspiration romaine. La vérité est que Parfait outrepassa les lois établies, les accords scellés, les interdits proclamés, les frontières dressées, issues et tenues de 1884. Il quitta Yaoundé pour gagner l'extrême nord du Cameroun, précisément la frontière nigérienne, lieu-dit Wouroubouki. Là-bas, il changea ses CFA en naïras et entra au Nigéria, via la Bénoué. Arrivé dans la ville de Yola, capitale de l'État de l'Adamawa, à l'est du Nigéria, il se rendit à Kano située au nord. Six cents kilomètres de routes et de pistes. Douze heures de trajet. À Kano, deuxième État le plus peuplé du Nigéria, Parfait prit un car pour Zinder au Niger, puis il rejoignit Agadez où il affronta le désert, avant de se faire conduire par des passeurs vers Arlit. Ah, Arlit ! La République française devait bien connaître cette commune, elle s'y ravitaillait en uranium. Grand bien lui fasse ! Vive la coopération ! C'est aussi à Arlit qu'avaient pu sévir les bandits de grand chemin d'AQMI, capturant des employés d'une importantissime société minière. Bref, fallait surtout pas rester à Arlit, trop d'intérêts géopolitiques nuisaient à coup sûr à la tranquillité des clandestins. Parfait avait donc poursuivi son chemin de Damas, s'avançant vers le Sahara et rejoignant Tamanrasset en Algérie.

Petite précision monétaire. À la frontière Nigéria/Niger, il avait dû changer ses naïras en francs CFA, et à Tamanrasset ses francs CFA en dinars algériens. Franc CFA qui n'était pas le même que celui qu'il avait changé à Wouroubouki. Quelle Afrique ! Que de frontières !

À Tamanrasset, donc, énième transaction financière avant de se rendre à Oran en passant par Ghardaïa. Parfait se voyait déjà en Europe. Effet de la Méditerranée sur sa conscience équatoriale. Il était en Afrique du Nord, mais voyait des Blancs à gogo ; cependant, il comprit plus tard, au cours de son périple, que ces gens étaient avant tout considérés comme arabes et/ou musulmans, ce qui, nom de nom, changeait tout à l'Histoire, tout à son histoire. Il quitta Oran en train pour arriver à Maghnia où il traversa la frontière, non sans soucis avec quelques agents de douanes corrompus, puis rejoignit Oujda, au Maroc. À la gare d'Oudja, il eut la liberté de choisir sa propre voie : Rabat, Agadir, Tanger, Tétouan…

Huit mois après y être entré, Parfait put enfin quitter le Maroc, laissant derrière lui une bonne vingtaine de camarades de route. Il en avait vu mourir certains dans le désert, d'autres dans des villes marocaines ou algériennes, à la suite de bagarres avec des voyous autochtones.

C'était donc un survivant qui avait finalement atterri en Espagne.

Éprouvé, réprouvé, Parfait avait encore erré cinq mois durant en Espagne avant de rejoindre la France. Avec à son bagage une culture hispanique proche du néant, il ne pouvait envisager de rester en Espagne. En bon francophone, certes mal à l'aise dans la langue française, il n'avait guère le choix : le seul pays de l'Union européenne où il était logiquement appelé à s'installer était la France. La belle France !

Parfait avait débarqué à Paris un beau jour d'été. Les premières semaines, il avait dormi à la belle étoile dans le 18e arrondissement, puis il s'était installé à Champigny chez sa copine, une Française d'origine ivoirienne qu'il avait rencontrée je ne sais trop comment. La bonne dame avait deux jeunes enfants, une fille de sept mois et un garçon de cinq ans, de pères différents et même inconnus.

Contrairement à son copain Parfait, Hélène Nguessan était arrivée en France contre son gré, et légalement. Son oncle et sa tante qui s'occupaient d'elle à Abidjan avaient profité de la crise politico-militaire pour l'envoyer en France. Leur première tentative fut un échec. Hélène ne s'était pas rendue à l'aéroport international d'Abidjan. Elle avait fugué chez une amie. La deuxième fois, elle avait voulu réitérer son coup de Trafalgar, mais son oncle lui avait administré une si sévère bastonnade, qu'au final, elle s'était laissé conduire dans l'avion sans la moindre résistance. Expulsée de son territoire natal.

Parfait voulait améliorer sa condition de sans-papiers en faisant un troisième enfant à la Française Hélène Nguessan. Mais la bonne mère refusait de céder au désir du bon monsieur qui avait cru un instant pouvoir imposer sa volonté. Il avait même menacé d'aller voir ailleurs. L'ultimatum n'avait guère porté ses fruits. Il croyait avoir en face de lui plus pathétique que lui. Il voyait dans la situation de sa petite amie un inconfort tout aussi infernal : mère de deux bambins, un tantinet sales et laids, aux pères inconnus. Qui voudrait d'une telle femme si ce n'était lui ? raisonnait-il en secret. Hélène, quant à elle, en avait par-dessus la tête du petit chantage de son sans-papiers. Elle voulait qu'il trouvât du travail au lieu de passer le plus clair de son temps sur Facebook. Elle lui avait dit qu'il était hors de question de faire un troisième enfant avec un homme qui la menaçait tout le temps, et qui n'était peut-être là que pour ses papiers. Nos deux tourtereaux se querellaient donc assez souvent, englués dans leur misère. Leur amour à peine naissant mourait déjà…

Bien entendu, la presse people avait mieux à faire que de chroniquer sur Parfait Owona et Hélène Nguessan… Il y avait l'accouchement de Kate Middleton, événement mondial à nul autre pareil. Nulle part, on n'avait parlé de l'amour impossible entre ce clandestin et cette Française immigrée. Pourquoi ? Qui pour s'intéresser à l'amour de ces gens ? Heureusement, j'étais là. Heureusement, Parfait m'avait tout raconté.

Le parti des Sans-Papiers

Ma conscience était perturbée. Je regrettais d'avoir été toujours loin des miens : clandestins soudanais, sans-papiers congolais, ouvriers maliens, étudiants camerounais… Et mon projet politico-intellectuel de coup d'État dans mon pays le Cameroun faiblissait. J'étais saisi, secoué, et emporté par la tempête du *hic et nunc*, la tempête du réel.

Je m'en voulais de fuir comme la peste le regard amical d'autres clandestins. J'exécrais autant leur présence que leur physique. Leur odeur me rendait autrement malade. Leur sourire me mettait mal à l'aise. Et ils avaient la fâcheuse manie de me sourire et de me saluer lorsque je les croisais ! Je ne voulais pas être mêlé à ces gens. Je craignais le communautarisme clandestin ou migrant, mon côté républicain étant plus vif, je crois. Et puis… y a des communautarismes qui ne paient pas. Pas même médiatiquement ! Plutôt donc que de traîner avec une bande de clandestins, m'afficher fièrement seul me semblait plus à propos. Psychologiquement plus intéressant.

Un soir, alors que je traversais les couloirs de la station Châtelet-Les Halles pour honorer un rendez-vous galant, j'aperçus un jeune Malien, visiblement perdu, se diriger vers moi. À peine m'avait-il lancé un *bondjour* ou *bonzour* ou *bonzou*, bref un truc du genre, que je feignis de décrocher un appel urgent ; je lui fis signe d'aller importuner un autre métèque, plus sensible à son malheur. Le pauvre homme me laissa filer en m'insultant très probablement dans son for intérieur, dans sa langue maternelle. J'eus immédiatement la juste conscience d'éprouver quelques regrets. Qu'aurait pensé mon père, hein ? Lui, éternel compagnon des ouvriers, éternel ami des pauvres gens ?

En réalité, la condition des clandestins me fendait le cœur. Le sort de ces fusillés, c'est-à-dire aussi mon sort, le sort de l'humanité, était l'aîné de mes soucis. Mais dès qu'un sans-papiers avait le culot d'exister à côté de moi, je piquais une colère. Je tombais dans un malaise. Et, quand il s'éloignait, je prenais mon stylo pour dénoncer les injustices et me déclarer ami des petites gens. Qu'il était donc facile et paisible de parler au nom de ceux qui souffrent ! Je jouais à cette réelle comédie : celle des droits de l'homme ! Je saisissais ce que c'était qu'être un homme politique… de gauche : jouer. Mal jouer !

L'idée que je souffrais véritablement ne me traversait pas l'esprit. Je vivais dans le déni de ce que j'étais. Je refusais d'être du camp des souffreteux, des damnés, des misérables. Une fois qu'on a basculé dedans, c'est pour l'éternité… Lorsque je m'exprimais, ce n'était jamais pour parler de moi, mais des autres. De l'anti-romantisme pas si *anti* que ça… Je faisais du Victor

Hugo à rebours : « Ah ! Quand je vous parle de vous, je vous parle de moi. Comment ne le sentez-vous pas ? Ah ! Insensé qui croit que tu n'es pas moi ! »

Je ne pouvais pas continuer à vivre sans alliés, sans réels compagnons. La solitude avait ses vertus et ses limites, ses raisons et ses déraisons, ses mérites et ses bassesses, ses Lumières et ses Obscurantismes. La situation devenant critique, il fallait rectifier le tir, qui jusqu'ici était assez mal-à-droite. Je ne pouvais continuer ainsi à écraser les miens. Il me fallait agir, m'engager. Germa alors en moi une idée. Je songeai à mettre sur pied un parti politique : le parti des Sans-Papiers, ou PSP, ouvertement hostile à la démocratie représentative. Fibre rousseauiste !

Le parti, me disais-je, aurait mieux à faire que de perdre son temps à quémander le suffrage des électeurs. Notre parti se devait de préparer la guerre qu'on lui imposait avant même qu'il n'existât. On nous déclarait clandestins. Soit. Il fallait s'y tenir, préparer les hostilités et assurer la guerre défensive dans un premier temps. Notre rôle n'était pas de débattre. D'autant que personne ne tenait particulièrement à causer avec un clandestin ou à l'écouter.

De fait, le parti ne pouvait pas parlementer ou, disons, prétendre à parlementer. Nous n'envisagions guère de nous complaire dans les revendications, et de nous mettre ainsi, dans une certaine mesure, en position de subalternité. Il fallait rêver grand, voir au-delà ; élever les sans-papiers là où, par complicité avec l'ennemi suprême, par faiblesse d'esprit ou par ignorance, personne n'avait jamais osé les positionner. Le PSP se devait d'être au-dessus de la mêlée, même si notre clandestinité dans un pays aux vieux réflexes étatiques d'État de droit nous compliquait sérieusement le travail.

D'abord, il nous fallait sortir de la petite case du monde associatif ; ça, c'était une des grandes ambitions du PSP ! Fini les intermédiaires ! Fini les associations machin droits des étrangers (c'est sympa) ! Fini les #jesuismigrant ! Fini les commis d'office ! Fini les SOS Rachisme ! Fini les SOS patati patata ! Fini la rigolade ! Fini le bon cœur ! Fini l'indignation marchande ! La belle affaire ! Pendant que nous, nous misérions, d'autres bâtissaient des réputations, des carrières, se disaient militants (de notre souffrance ?), gagnaient en honneur et en courage, décrochaient CDI, CDD, bénévolat… Tout ça, au nom de qui ? Sur le dos de qui ? Le nôtre ! Le parti des Sans-Papiers n'autoriserait plus ces belles âmes charitables à s'autoproclamer porte-parole, protecteurs, et sauveurs des clandestins. On ne laisserait plus ces messieurs-dames, vivant dans la légalité républicaine et le confort de la non-clandestinité, parler à notre place. Il fallait que nous-mêmes, chargés de nos histoires, de nos trajectoires parfois communes, de nos expériences quasi identiques, de nos réels, de nos mots, de nos aspirations, nous nous organisions et que nous parlions en notre propre nom.

Oui, c'était un parti révolutionnaire que je souhaitais mettre en place. J'allais mettre au chômage, pour de bon, les gauchistes et autres sentimentaux de la cause migrante, climatique, réfugiée, exilée ou que sais-je… Notre salut ne pouvait absolument pas passer par des gens qui, malgré leur bonne foi, n'étaient que le subconscient de l'ennemi. Ils n'étaient pas là pour résoudre notre problème, ils étaient juste là pour l'amoindrir, le calmer, l'euphémiser.

Le PSP n'était pas un parti national, mais international. Ouvert même à ceux et celles qui avaient des papiers, pourvu qu'ils acceptassent d'être en retrait, de rentrer dans les rangs, d'entrer à l'école de notre vie, qu'ils acceptassent de se plier à la discipline que le parti aurait mise en place. Et lorsqu'ils prendraient la parole, ce serait pour affirmer des principes universels, non négociables, valables pour tous.

L'idéologie du parti : *la vie partout*. Simple périphrase de ce que certains, dans l'histoire révolutionnaire mondiale, avaient si noblement appelé *égalité*. Le mot est fort puissant. Mais le parti des Sans-Papiers voulait proposer une autre formulation stratégique, un autre ton. Le mot égalité, la République française l'avait soigneusement abîmé. Elle se plaisait à l'écrire sur le fronton des écoles, des mairies et dans toute la paperasse officielle. Notre manifeste ne pouvait donc pas reprendre ce mot benoîtement. Il fallait le mettre en réserve, le soigner, le réparer, le préparer physiquement, moralement, pour qu'il ait enfin une existence digne.

En cette ère de nihilisme tous azimuts, *la vie partout* tendait à affirmer qu'aucune loi, nationale ou internationale, n'était au-dessus de nos vies, qu'aucune sécurité collective ne se ferait à notre détriment, qu'aucune valeur, qu'aucune religion, qu'aucune devise, qu'aucune propriété privée, qu'aucune frontière ne passerait avant nos vies.

Nous, clandestins, voulions vivre, et pas qu'un peu. Nous voulions entraîner l'humanité vers un autre chemin. Nous savions que le chemin sur lequel nous étions déjà embarqués maintenait notre enfer, tout en prolongeant le paradis des autres. Comme si le monde avait enfin trouvé un précieux équilibre entre les gens du Nord et les gens du Sud. Eh bien, cet équilibre, le parti des Sans-Papiers comptait l'ébranler.

L'ennemi principal du parti ? *La mort.* Les ennemis secondaires englobaient aussi bien la Droite que la Gauche, leurs Extrêmes, sans bien sûr oublier leurs Centres. Pour nous autres sans-papiers, la mort était l'unique siège. Nous étions faits pour vivre en tas, en anonymes, sans compte bancaire, sans crédit, sans voix, sans amour (y compris amour-propre), sans héritage, ni dette, ni rien. Et nous mourions comme si nous n'avions jamais existé. Les hommages nationaux, les unes, les minutes de silence, les noms de rues, ce n'était pas fait pour nous. La mort était notre terre promise. Et l'Histoire tracerait sa route… Sans nous.

Donc, après avoir dit oui à *la vie partout*, il fallait opposer un non à *la mort*, ou tout au plus, aux assassins patriotes de tous bords qui nous lorgnaient et qui voulaient nous précipiter vers les fosses communes avec leurs lois, leurs foutues traditions, leurs foutues nationalités, leurs foutus génies. Le génie est clandestin, comme nous ! Et bim ! On ne pouvait plus se contenter de la place que l'État français voulait bien nous accorder, place dérisoire qu'aucun caniche du Ier arrondissement de Paris n'accepterait, même pour ultime demeure. Tous ceux et celles qui essayaient de nous empêcher de vivre, de quelque manière et sous quelque prétexte que ce soit, étaient donc des ennemis politiques à combattre.

Un ami congolais, Stanislas De Stanis, également étudiant clandestin, qui s'était donné le beau rôle d'être mon conseiller personnel dans cette entreprise politique de haut vol, me suggéra comme devise Liberté, Égalité, Fraternité *pour tous.* Le *pour tous*, me disait-il, était très important. Il nous différenciait de l'étonnante République française qui pouvait se targuer d'avoir la même devise alors que, sur son sol, des milliers d'enfants, de femmes et d'hommes n'étaient pas libres, car en situation d'inégalité absolue à l'égard du reste des citoyens de la société, et donc pas en situation de fraterniser.

— Hein, Charles, toi-même, dis-moi, est-ce que des sans-papiers peuvent fraterniser avec le juge, le policier, le préfet, le président de la République, le journaliste, l'immigré légal, le binational, le national du XVIe arrondissement de Paris ? Peuvent-ils, Charles ? Moi, je te le dis, ils ne peuvent pas. Pas d'égalité, pas de fraternité ! Pas de liberté, pas de fraternité non plus !

Le sans-papiers, en sous-animal, car aucun animal en France n'est sans-papiers, ne peut que se laisser dresser par son hébergeur, son restaurateur, son employeur. Il ne peut qu'emprunter la voie sombre et passionnante de la survie éphémère : drogue, trafic, vol, prostitution, crime, mensonges sur rien et tout… Et dans cette voie sombre, certains trouvent pleinement leur compte. Comme Achille, l'un des nombreux colocataires du pavillon de mon oncle à Viry-Châtillon, qui pouvait en un mois brasser plus de 2 500 euros. Il avait plusieurs cordes à son arc : trafic de cartes bancaires avec ses compagnons de route du Maroc, trafic de drogue, coiffeur à Château Rouge… Je le voyais souvent parader devant les autres colocs, parler des grosses voitures qu'il comptait ramener au pays.

Bref, j'entendais les arguments de mon conseiller. Sauf que son « pour tous », à l'image du « mariage pour tous », ne me satisfaisait pas. L'idéologie du *pour tous* relevant du socialisme mou et imbécile, il fallait l'éviter, préconisais-je à mon conseiller, en ajoutant :

— Si on a besoin d'ajouter « pour tous » après des mots comme liberté, égalité, fraternité, alors il y a un sérieux problème. Un trafic. Une hypocrisie. Une illusion qui s'est installée quelque part. L'égalité, si elle n'est pas intrinsèquement pour tous, ne vaut pas une graine d'arachide.

— Et le mariage alors ? Le mariage pour tous, je précise, n'est-ce pas une avancée de l'humanité ? N'est-ce pas la preuve que le « pour tous » est historique, qu'il a sa raison d'être ?

— N'en parlons pas. Mais je veux simplement te faire remarquer que demain, si toi, sans-papiers, tu veux te marier, on parlera de mariage blanc… et non du mariage pour tous. Tu es donc très mal placé pour soutenir cette histoire… n'en déplaise aux amis homosexuels !

J'avais écrit un petit chef-d'œuvre : *Manifeste du parti des Sans-Papiers*. Gallimard aurait-il pu l'éditer sans problème ? Bandeau rouge à l'appui ? Il faisait en tout cas vingt pages, mon manifeste. Trois pages de plus que le *Manifeste du surréalisme* et vingt-trois pages de moins que le *Manifeste du parti communiste*. C'est dire !

Après la théorie, je devais passer à la pratique. Que le parti ne fût plus seulement une idée couchée sur papier, qu'il ne fût plus une stricte affaire entre mon conseiller et moi, devint ma nouvelle obsession. L'invention devait transcender son créateur… Il fallait trouver les voies et moyens. Trouver des militants. Des mécènes. Des médias. Des mascottes… De l'argent.

Je m'agitais. Je multipliais les posts sur les réseaux sociaux, je distribuais des tracts à tout-va. J'utilisais le carnet d'adresses de mes anciens colocataires de Viry-Châtillon, qui eux, connaissaient du beau monde, et pas seulement à Château Rouge. Ils étaient en relation avec quantité de sans-papiers ivoiriens, camerounais du côté de l'Allemagne. J'espérais tirer profit de leur vaste réseau. Vingt-sept personnes avaient annoncé leur participation à l'événement qui devait se tenir au pavillon de mon oncle, un dimanche de mai. J'avais demandé à une journaliste de BFM TV, rencontrée sur *Happn*, si elle pouvait mobiliser sa chaîne pour mon événement : « Hello très chère ! Merci pour la soirée de vendredi. Ce fut… hmmm ! Au fait, je t'écris pour savoir si tu peux me rendre un petit service. J'organise un événement : lancement du parti des Sans-Papiers. (Je ne le suis pas, mais l'état de ces gens me fend le cœur, et j'ai décidé de lancer un mouvement.) Alors, je voudrais savoir comment faire pour que BFM couvre un événement ? Tu peux m'aider ? Des bisous ! » envoyé à 9 h 45.

Le soir, à 23 h 50, j'ai ajouté un deuxième message : « ???? »… Je ne comprenais rien à son silence, alors qu'elle avait lu mon message et qu'elle était connectée.

À 00 h 25, Claire m'avait bloqué. Son attitude me déprima cinq minutes…

La veille du lancement, j'installai trente-cinq chaises dans le jardin du pavillon, disposées en sept rangées. J'avais monté une petite estrade avec quelques parpaings volés chez le voisin dont la parfaite maison était en travaux permanents. Pour la collation, mes chers invités allaient devoir se contenter de madeleines et de Coca. J'avais acheté cinq bouteilles de 1,5 L et trois sachets de madeleines. Le jour du lancement au « domicile familial » transformé en auberge de clandestins, j'étais surexcité. Je n'avais pas dormi de la nuit : je travaillais sur mon discours… Je me désolais qu'un tel événement ne soit pas porté à la connaissance du peuple. Du monde ! M'enfin, les paroles s'envolent… les écrits restent. Il fallait donc tout consigner. Les discours. Les interventions. L'ambiance, etc. Le meeting devait commencer à 15 heures.

À 14 heures, mon conseiller, j'ai nommé Stanislas De Stanis Kabango Mutemba, débarqua ! Nous commençâmes à nous entretenir sur ce moment historique dont nous étions les dignes acteurs. Nous discutâmes rapidement de l'opinion d'Hegel sur l'Histoire, la raison dans l'Histoire, l'Afrique. Nous nous considérions au-delà de l'hégélianisme. Dix minutes plus tard, Stanislas De Stanis me fit comprendre qu'il était temps de sortir les victuailles et de les disposer sur la table. Ça fait toujours chaud au cœur, pour des « sans-papiers », de constater qu'il y a quelques sucreries à se mettre sous la dent. À défaut de piment ! À 15 heures, je me tenais debout sur l'estrade, avec à la main mon discours de cinq pages. Mon conseiller s'approcha et me chuchota à l'oreille qu'il était 15 h 10 et qu'il n'y avait toujours personne. Je fis comprendre à l'ami congolais qu'il ne fallait pas s'inquiéter : on avait tant préjugé sur la capacité des Africains à honorer les rendez-vous à l'heure convenue qu'ils s'obligeaient à jouer le jeu… 15 h 15, un type se pointa devant le portail. Mon conseiller le remarqua et alla lui ouvrir. Il s'agissait d'un sympathisant togolais qui m'avait adressé la parole dans le RER D, subjugué par mon style vestimentaire, étonné de voir un personnage digne du cinéma dans son wagon de malheur ; j'avais sauté sur l'occasion pour convaincre cet errant typique, que ma pipe impressionnait, d'assister au grand meeting que je devais organiser à Viry-Châtillon. Comme il m'aimait bien et qu'il croyait que j'allais pouvoir changer sa vie, il nous avait honorés de sa présence… 16 heures, trois personnes au meeting. Je n'étais plus surexcité, mais pâteux, nerveux, et malheureux. Mon conseilleur, qui s'était dès 15 heures montré inquiet, retrouva, lui, une espèce de confiance. Il pensait que les gens allaient se ramener à 17 heures. 17 h 30 sonna, nous étions toujours trois. Le sympathisant togolais avait déjà achevé une bouteille de Coca.

18 heures, je fis une communication de crise. Il me fallait trouver les mots justes pour m'adresser à mon conseiller et au Togolais.

Pour l'organisateur et théoricien que j'étais, il fallait surtout résister à la tentation d'un AVC ou d'un harakiri. Certes, notre communication n'avait pas été à la hauteur de l'idée, du projet, mais de là à être trois dans un meeting que j'espérais historique… *what the fuck ?*

Mon conseiller et moi prîmes acte de cet échec. Et en tant que théoricien en chef, je décidai d'en porter l'entière responsabilité en me déposant ma propre lettre de démission. Mon conseiller, Stanislas De Stanis, jugeant que j'étais trop sévère envers moi-même, m'invita plutôt à transformer le meeting de lancement du parti en séance de brainstorming. Il fallait, me disait-il, trouver quelques explications à notre échec, à notre mort-née. Il me rappelait que gémir, pleurer, crier, était également lâche… Il me suppliait d'assumer énergiquement ma longue et lourde tâche dans la voie où le sort m'appelait… Il me rassurait sur le fait que tout ne pouvait être de ma faute, de mon incompétence… Ainsi donc, assis au milieu du jardin de la fameuse maison de mon oncle, respirant l'air frais du printemps, je demandai à mes deux fidèles pourquoi une telle solitude ? Pourquoi ce manque d'engouement ? Pourquoi ce flop ? Ce raté ? Stanislas De Stanis, qui avait le sens de la cérémonie, qui savait adapter son langage selon les circonstances, les théâtres de la vie, leva le doigt et prit la parole :

— Cher Guide, permettez-moi…

— Je vous arrête tout de suite, brave conseiller, veuillez revoir le titre à la baisse, l'avais-je par modestie interrompu.

— Bien ! Cher Ami, cher Créateur, avec tout le respect que je vous dois, je crois que notre parti avait les lacunes de ses ambitions. Que veux-je dire par là ? On a occulté le fait que les sans-papiers manquent cruellement de temps. D'ailleurs, ceux que nous avons rencontrés en distribuant des tracts, que nous disaient-ils ? « Pas assez de temps ! » Certains à qui on a envoyé un message la veille, que répondaient-ils ? « Les gars, demain je suis occupé… » Or, sans temps, comme vous le dites vous-même, on ne peut rien, avait-il poursuivi.

— Effectivement, rien de grand dans le monde ne s'est fait sans le temps. C'est terriblement vrai ce que tu viens de dire. Mais, je suis stupéfait que même des sans-papiers reprennent à leur compte cet argument bourgeois, citadin, moderne, mortel. Si eux, gens véritables, déclarent n'avoir pas de temps, alors n'a-t-on pas déjà perdu le combat que je voudrais lancer ? L'idéologie n'est-elle pas mort-née ? Qui dit « vie » dit « temps ». Si les gens n'ont pas le temps de se mêler de leurs affaires, alors là..., m'étais-je fendu en déclaration, des trémolos dans la voix.

Mon conseiller reprit la parole :

— Autre explication : l'extrême fragilité psychologique de la plupart des sans-papiers. Ça, ça ne les encourage pas à s'engager dans une aventure esthético-politique, cher Créateur. Moi qui suis là aujourd'hui, je ne vous cache pas mon instabilité chronique, mon atrabilisme. Lorsque minuit sonne et que le ciel m'offre ses étoiles, j'ai d'excellentes idées révolutionnaires sur ce qu'il faut faire le lendemain et les jours d'après, sauf que, le matin venu, je découvre être plutôt coincé par des préoccupations immédiates et primitives. J'imagine que vous êtes dans la même situation, chers camarades...

— Presque..., répliquai-je.

Le camarade togolais acquiesçait de la tête. Et mon conseiller poursuivit avec la troisième explication :

— Le manque de moyens nous a été fatal ! Cela a même entaché notre crédibilité...

Pendant que mon conseiller prononçait ces mots empreints de malédiction, je vis le visage de l'ami togolais, lequel avait fondé quelques espoirs sur ma personne, puisqu'il m'avait pris pour un acteur de cinéma bienheureux, humaniste et philanthrope africain, se décanter. Il était au bord des larmes, mais quelque chose le retenait. Après tout, il n'allait pas pleurer devant les deux révolutionnaires les plus pathétiques de l'histoire de l'humanité... Allons ! Les misérables savent se défier, s'affirmer, se tenir tête entre eux. L'antithèse du misérable c'est lui-même. Mon mythe s'était évanoui aux yeux de l'errant.

— Sans moyens, insista Stanislas De Stanis, le parti ne peut qu'être un refuge de crevards, et donc pas très propice au développement de la pensée, de la critique, de la stratégie, de la mise en place d'une milice. Le parti n'a pas de siège, il est sans mécènes, sans imprimantes, sans médias, sans figures connues, pas même vous, cher Créateur, digne et humble serviteur. À l'ère d'Instagram, du selfie, de Snapchat, messieurs, c'est problématique ! Imaginez si votre tête était connue, mieux, si elle avait un prix, disque d'or ou César de je ne sais trop quoi, oui, imaginez ça, et que vous fissiez un selfie, une sextape, qu'on le publiât sur Instagram… Ah, succès garanti ! Messieurs, nous aurions eu aujourd'hui une horde de cameramen et de journalistes qui nous auraient quémandé des interviews, nous aurions eu des gens venus de partout pour écouter notre parole d'évangile…

Je finis par applaudir mon conseiller. Il le méritait largement. L'ami togolais, lui, regardait son écran de téléphone… On l'avait perdu. Son attitude m'inspira la quatrième explication de notre fiasco :

— Vous savez, dis-je en me levant de ma chaise, ne nous racontons pas d'histoires, notre difficulté c'est aussi le manque d'ambition politique des clandestins, qu'on appelle aujourd'hui migrants. Et c'est sans doute l'une des raisons les plus déterminantes, avec celle du manque de temps. Les clandestins, les réfugiés, ou qui vous voulez, ne viennent pas en France pour hausser le ton, pour renverser la marmite, pour bouleverser le monde. Leurs ambitions sont bien plus modestes. Ils ne traversent pas la Méditerranée ou le Sahel pour venir faire de la politique. Ils n'ont pas l'intention de changer le monde. Ils sont épuisés ! Ils ne sont pas là non plus pour donner des leçons. Ils ne sont pas venus civiliser la France ou l'Occident. Ils n'ont aucune prétention de ce type. Ils sont en France pour avoir un peu de pouvoir d'achat. Ils sont là pour jouir eux aussi d'un tout petit peu de l'incroyable richesse occidentale. Ils sont en France pour accéder à cette première étape de la dignité humaine : se vêtir, se nourrir, se loger, se soigner à peu près décemment. Ils sont venus pour s'aligner derrière la France, et pas pour autre chose… J'ai eu tout faux, moi, de croire que je pouvais les inciter à la dissidence, à la révolution. Ils ne veulent pas la révolution… Ils n'y croient pas.

— Si ce que vous dites est vrai, qu'ils ne sont une menace pour personne…

— Oui, et je le regrette fortement…, coupai-je mon conseiller.

— Pourquoi donc ça polémique autant autour d'eux ? Ça parle de grand remplacement, on les taxe d'envahisseurs et consorts, pourquoi ? me demanda-t-il.

— Parce qu'en France, il n'y a plus que les représentants de la Mort et de la Bêtise qui gouvernent. Ce pays a perdu son « f » comme formidable. Formidable 1793 ! Il n'y a plus que la Rance officielle…

— Vive la révolution des Sans-papiers…

J'étais probablement le seul clandestin au monde à penser que c'étaient les États qui étaient des hors-la-loi, constituant une menace pour notre sécurité, et non l'inverse. J'étais le seul à penser qu'il ne fallait pas faire devant le préfet des recours gracieux. J'étais le seul clandestin au monde à vouloir inventer une politique. J'étais donc mille fois rien.

L'ultime explication, que personne n'avait soulevée, était l'absence de tout contact avec les autres sans-papiers de l'espace Schengen, et même d'ailleurs. On n'était pas suffisamment informés sur nos frères qui débarquaient à peine sur les côtes italiennes, on ignorait la situation des sans-papiers en Hongrie, en Slovaquie, en Allemagne, en Russie, au Royaume-Uni, au Maroc, en Algérie (le Maghreb eût été très important dans notre stratégie !), aux USA, en Australie…

Dans ces conditions, le leader charismatique et naturel que je devais être ne pouvait que renoncer à son idée géniale de création d'un parti politique des Sans-Papiers. Je n'étais pas un surréaliste. Encore moins un utopiste. Et surtout pas un individualiste.

Des nouvelles du Mboa

Après Choisy, je domiciliais de nouveau chez mes différentes amantes avec un art assez travaillé de la cohabitation. Et en journée, lorsque je n'honorais pas des rendez-vous médicaux ou préfectoraux, je me réfugiais sur les bancs du Collège de France aux côtés de quelques vieux et vieilles aux sourires malicieux, aux rides joyeuses. Je me réfugiais ailleurs… n'importe où, où ma présence m'eût donné l'impression d'être un homme ordinaire dans des circonstances exceptionnelles. Au fond, c'est moi qui étais exceptionnel alors que les circonstances, partagées avec quantité d'étrangers, étaient tout à fait ordinaires, dans l'ordre des choses de ce pays appelé France, patrie des droits de l'Homme.

Durant ces années vécues en clandestinité, en travers de la société, en solitaire, et dans le secret absolu, ma mère et moi communiquions très peu. Nous nous faisions plus que discrets.

Elle ne joua point les mamans hyper inquiètes, hyper préoccupées par la situation de leur adulte de fils. Elle m'épargna la panoplie de questions que certaines bonnes mères posent à leurs chers fils lorsqu'ils s'éloignent de la famille : *Qu'est-ce que tu as mangé ? Où tu as couché ? Comment tu fais pour vivre au quotidien ? Que dit la préfecture ? Il ne fait pas trop froid là-bas ? Tu cherches des petits boulots ?* Ma mère ne m'usa point le moral avec ces interrogations-là. Elle savait que cela m'aurait plus agacé qu'autre chose. Elle savait, dans ses accès divins, que ma solitude n'était pas décrépitude intérieure. Que mon confinement n'était pas déconfiture d'un monde. Et je savais, en bon fils, que son silence n'était point acte d'abandon. Je savais qu'elle avait, comme avec tous ses enfants, un optimisme triomphant, en dépit des difficultés les plus farouches. Maman se réfugiait dans sa douleur, son impuissance, ses espoirs secrets, ses prières inutiles, ses imaginations fertiles, sa confiance infinie. Je n'étais pas le premier qui rencontrait un vent défavorable. Mais peut-être étais-je le premier à avoir le sens de la tragédie ? J'étais au front, en guerre, sur le terrain, dans la boue. Je dépensais une énergie folle à protéger ma flore intérieure, et cela avait un prix, celui de l'introversion, qui m'empêchait de (me) raconter à ma mère. Cependant, il y avait, entre elle et moi, une sorte d'incommunicabilité communicative, un silence parlant indépassable…

C'était bel et bien moi qui étais en situation de clandestinité, d'insécurité totale, mais le simple fait que ma mère vive au Cameroun me rendait plus inquiet de son sort que du mien. Inquiétude face à laquelle j'étais entièrement démuni.

J'étais malheureux de ne pouvoir lui offrir la tranquillité matérielle à laquelle elle aspirait légitimement. Ma mère aurait dû s'amuser, voyager, rencontrer des gens, être soignée par les plus grands médecins à la moindre céphalée… Hélas, j'étais un pauvre mec, riche en bonnes intentions. Terrible ! J'étais incapable d'offrir à ma maman, femme de ma vie, ne serait-ce qu'un Burger King, un falafel, un parfum, un voyage, une huile essentielle… Voilà, ma mère, qui m'avait tout donné même quand elle n'avait rien, eh bien, je ne pouvais rien faire pour elle. Je la laissais cloîtrée dans cette zone abandonnée qu'était le Cameroun, un champ de ruines, un mouroir à ciel ouvert, un bocal géant à virus et bactéries divers. J'aurais voulu être en état de décider pour ma maman et le reste… Or ma situation ne me le permettait aucunement.

Avec la fratrie, les échanges furent tout aussi rares. Mes frères et sœurs étaient restés discrets, mais à mes côtés durant toute cette période. Ni trop proches ni trop lointains, ils n'espéraient qu'une chose : que je m'en sortisse ! Royalement ! Ils n'attendaient rien de moi. Et moi j'estimais leur devoir tout. Surtout en ce qui concernait mes petits frères. Je voulais faire tout pour eux. Ils étaient jeunes, et je voyais l'avenir sombre que les grabataires du pays dessinaient sur leurs têtes.

C'est avec Octave, qui poursuivait une thèse de doctorat en littérature francophone aux États-Unis, que je fus le plus en contact. Il fut celui que je sollicitai le plus pour m'aider, m'épauler, me secourir. Je lançai l'alerte survie en direction d'Octave près de quatre fois. Et il mit alors un point d'honneur à me faire parvenir quelques mandats via Western Union.

Une fois, il me demanda un travail contre lequel il me rémunéra 100 euros. Ce fut la première fois de ma vie de clandestin où j'eus affaire à pareille somme. L'émotion était grande. Surtout que j'avais fait un véritable travail d'égoutier pour bénéficier d'un tel salaire. Octave, dans ses nombreux travaux académiques, m'avait sollicité pour effectuer un compte rendu sur deux ouvrages du romancier Eza Bolingo. Il en avait besoin et il me proposait 75 euros. J'avais expliqué à mon frère que l'exercice m'était pénible, qu'il me fallait une hausse, ça n'était pas suffisant… 100 euros ou rien frérot, lui avais-je alors dit tout net, en insistant sur le fait que lire du Eza Bolingo, ça n'était pas lire du Chinua Achebe. Il fallait non pas me rémunérer, mais me dédommager ! Fallait éviter mon suicide en me cajolant avec une rondelette somme. Je n'avais pas le choix, je devais me prostituer, m'abîmer les nerfs en commentant, en résumant et en analysant deux livres de cet écrivain qui théorisait sur l'homme noir.

Trêve de fâcheries, je voulais écrire aux différents éditeurs de l'auteur afin qu'ils me donnassent des explications claires et précises sur leur choix de promouvoir ce genre de littérature. Hélas, mon frère Octave, grand connaisseur de la littérature, m'avait conseillé de calmer mes ardeurs. Lui, futur professeur d'université aux États-Unis, trouvait que Bolingo n'était pas si mal, qu'il était parfois drôle !

— Drôle ? Par pitié ! Et puis quoi encore ? écrivis-je à mon frère.

— Petit frère, de toute façon, conclut-il, on ne peut pas être prix Nobel de littérature alternée, prix de la Francophonie d'Or, prix Camara Laye, sans talent. Il y a forcément quelque chose. Tu n'as qu'à écrire si c'est facile !

— Horrible chose, Octave !

— T'es de mauvaise…

— Non, j'ai lu et je n'aime pas…

Octave avait peut-être raison. Ce n'était pas donné, les prix. Et certainement pas celui de la Francophonie d'Or. Le Bolingo avait forcément du talent. Ma misérable opinion sur cet écrivain, à qui je reconnaissais un certain don de conteur, n'était-elle pas tout simplement pure jalousie ? Comment donc pouvais-je ne pas m'incliner devant une telle autorité artistique du continent noir ?

Finalement, j'avais remis les comptes rendus à mon grand frère. Il était satisfait. J'avais décortiqué du Bolingo comme des arachides. Et je m'étais un peu calmé les nerfs à son sujet, qui jusque-là, jazzaient sur une mélodie nommée jalousie.

J'eus également quelques contacts avec Théodore qui habitait à Douala. Avec sa mémoire phénoménale, il récitait du Camus admirablement. On aurait pu réveiller Théo à 2 heures du matin et lui demander de réciter le *Discours de Suède*, cela ne lui aurait posé aucune difficulté ! Théo, c'était aussi un pataphysicien. Il comprenait donc la situation, peut-être pas ubuesque mais infernale, dans laquelle je me trouvais. La seule fois où nous avions échangé de vive voix, sur Skype, il m'avait déclamé en guise de réconfort, droit dans les yeux, avec sa voix tonnante, tremblante, un passage du *Mythe de Sisyphe*.

Éliane et Brigitte, quant à elles, se faisaient charitablement discrètes. La seule fois où j'avais contacté Éliane, c'était pour qu'elle rende présentable mon CV. Le résultat fut impressionnant. Brigitte, elle, faisait un stage à Douala, dans une filiale de Lafarge. Qui l'eût cru ! C'était la seule de la famille qui avait eu des difficultés durant son parcours scolaire. Elle avait redoublé, triplé des classes. Adolescent, je la regardais de haut. C'était quand même une paresseuse, la Brigitte ! Elle refusait de faire la vaisselle. Elle se plaisait à ne rien faire à la maison, comme moi, sauf que moi, au moins, je rapportais de bonnes notes. Elle ne pouvait pas tout se permettre, Brigitte. Elle nourrissait peu d'espoirs fantastiques, ce qui ne veut pas dire qu'elle avait été marginalisée. Eh bien, cette Brigitte-là n'avait pas eu besoin de ma mère pour lui trouver des stages. Vivant à Douala, chez Théo au départ, elle s'était trouvé un appartement lorsque son stage s'était transformé en emploi. Ma sœur, médiocre mais tenace, volait maintenant de ses propres ailes. Elle était autonome. Elle se suffisait à elle-même. Seule tare qui lui est venue on ne sait trop comment : sa passion pour Jésus-Christ. Elle avait été enrôlée dans une de ces nouvelles Églises, et ça, même mon très catholique petit frère Hervé-Gaston n'y pouvait rien. Hervé-Gaston vivait à Rome. Il avait été envoyé par son diocèse du Cameroun pour étudier la théologie. Il cirait les pompes du pape. Il devait bientôt être ordonné diacre. Pourrait-il, un jour, se voir élu pape par le conclave ? Que je rêve un peu à sa place ! *The young black pope !* La presse s'égosillerait comme à son habitude ! La poignée de catholiques qui subsistent en France ferait acte d'apostasie. Pas question d'être sous les ordres d'un pape noir, originaire d'Afrique ! Question de bon sens ! Hervé-Gaston avait pris au sérieux cette affaire d'Église ! Il avait la foi. Pour cela, je le méprisais, mais j'admirais le polyglotte : français, italien, anglais, eton. Bien qu'il fût géographiquement le plus proche de moi, nous n'avions pas été particulièrement en contact.

Jean-Édouard et Paul-Maël enfin. C'était de braves bonshommes. Comme leur mère, ils avaient foi en l'avenir. Quoique cette foi, au fil du temps, et donc des perpétuelles difficultés quotidiennes qui tournaient en rond, commençait à craqueler.

Quant à mes camarades du petit séminaire, les nouvelles n'étaient pas bonnes. Sur une soixantaine, à peine une quinzaine avait un emploi. Sur la quinzaine, la moitié avait trouvé refuge dans l'armée, histoire de mieux servir son bourreau, et les huit autres avaient choisi la voie de la prêtrise. Sauf que même dans cette voie, quatre avaient réussi à se faire excommunier. La petite cinquantaine restante s'était perdue dans la nature. Enfin, ils ne s'étaient pas perdus… Ils chômaient. Ils galéraient. Ils erraient sur place. Le pouvoir en place ne leur demandait rien, eux ne réclamaient rien, et cet état de fait portait le nom de paix. Le climat les rendait tous assez médiocres, alors que certains d'entre eux avaient été de redoutables élèves à l'école, particulièrement doués en langues ou en mathématiques. Eh bien, tout ça n'avait été qu'une vaste entreprise de perte de temps, puisque pas un seul n'avait été foutu de s'en sortir, pas un seul ne payait son loyer, pas un seul ne pouvait s'occuper valablement d'un enfant, alors que presque tous étaient déjà de bons pères. Ils avaient créé un groupe WhatsApp sur lequel ils tuaient le temps, tout en essayant de faire des réunions de cotisations, d'organiser des matchs de gala… En somme, ils ne faisaient rien, ils n'avaient rien, et n'étaient rien. Ils représentaient fidèlement et fondamentalement la jeunesse du pays. Une jeunesse plus que sacrifiée, mort-née. Voilà l'Afrique ! Berceau de l'Homme handicapé ! Berceau de l'Homme honni ! Berceau de l'Homme, oui, ça coule de source, mais de l'Homme humilié.

Le pays ne me manquait pas. Aucun mets, aucun paysage, aucune odeur ne rattrapait mon esprit. Certains exilés avaient le mal du pays. Moi, pas du tout ! Mon pays me faisait mal (et par contamination, tous les pays qui lui ressemblaient, d'une façon ou d'une autre). J'avais mal pour lui. J'étais mal à cause de lui. Au fond, puis-je dire en un certain sens, mes années de clandestinité ont été les plus belles, les plus puissantes de ma vie. Ce fut l'époque d'un bonheur triste. Et ma réelle douleur, la vraie, celle qui m'a néfastement marqué fut la tranquillité, la passivité de mes compatriotes, cette même passivité que je retrouvais chez la plupart des étrangers d'ici, surtout ceux qui avaient leurs papiers en règle. J'avais mal de voir ces gens sereins, fiers d'eux, fiers de ce qu'ils étaient, fiers de ce qu'ils devenaient. Comme cet ancien camarade qui m'avait rejoint en France, et qui passait son temps à faire des selfies. Qu'il m'énervait ! Je haïssais sa fierté, pire, son amour-propre ! Ça me gênait. Il y a trop de fiers sur la Terre : patriotes français, patriotes allemands, patriotes turcs, patriotes américains, patriotes maliens, patriotes camerounais, patriotes sud-africains, patriotes marocains, patriotes sud-soudanais (même eux !), patriotes nord-coréens… Tout ça, pour moi, c'était trop, bien trop pour si peu… Toute cette fierté mondiale par branche n'aurait pas dû exister.

Quant à l'actualité du Cameroun, *nihil novi sub sole*, le même se répétait continuellement. Le pays poursuivait sa descente aux enfers : *déraillement d'un train de Bolloré (bilan : 130 morts, une centaine de blessés) ; libération d'un otage français au nord du Cameroun par la secte islamiste Boko Haram*, disaient-ils, *attaque dans le Nord d'un petit village de rien du tout (bilan : 30 morts camerounais dont un soldat) ; effondrement de la chaussée à Boumnyebel, les deux villes principales coupées en deux ; présence du chef de l'État à l'ONU ; présence du chef de l'État à Paris ; qualification des Lions pour la Coupe d'Afrique des nations ou élimination des Lions pour le Mondial en Russie ; Eto'o Fils quitte son club de Russie pour rejoindre la Turquie ; Eto'o est au Cameroun ; Eto'o, nouvel ambassadeur de l'entreprise de télécommunication machintel au Cameroun ; Eto'o fait un don au dispensaire de son village ; Eto'o a rendu visite au président du Gabon ; la femme d'Eto'o est admirable ! ; une délégation de la Banque mondiale en séjour au Cameroun ; Christine Lagarde, patronne du FMI, en visite au palais présidentiel ; signature au ministère de l'Économie d'un prêt pour le financement du deuxième pont sur le Wouri ; prêt de l'Industrial and Commercial Bank of China (ICBC) pour la construction d'un barrage hydroélectrique ; L'Agence française de développement initie la deuxième phase du contrat de désendettement ; l'Agence française de développement finance... ; mort d'une femme enceinte devant l'hôpital de Laquintini à Douala ; mort d'un ancien camarade (hernie), mort du copain d'une camarade (courte maladie) ; mort de ma grand-mère ; discours du président de la République qui déclare la guerre aux « lâches de Bokoharam » ; retour du président de la République au Cameroun après une visite privée d'un mois on ne sait où ; décret présidentiel portant nomination ; décret présidentiel portant création d'une commission... ; mémorandums signés par les élites, fils et filles du Nord ; mémorandums signés par les élites, fils, filles du Littoral, mémorandums signés par les élites, fils et filles de l'Ouest ; interdiction d'une manifestation de plus de cinq personnes...* Voilà résumées, pour l'essentiel, de façon magistrale, les trente dernières années au Cameroun.

Plan A, B C, D

Les rares personnes qui me savaient en situation irrégulière m'avaient maintes fois proposé plusieurs plans. Elles ne comprenaient pas pourquoi je m'obstinais à rester à Paris alors que je pouvais aller faire le bonheur de bon nombre de provinciales, lesquelles auraient vite sauté sur une proposition de mariage ou d'enfant de ma part. Ces efficaces conseillers, exclusivement africains, avaient été aussi sans-papiers durant des années. Ils maintenaient qu'il serait plus facile pour moi d'obtenir des papiers hors de Paris. Je respectais leur parcours. Je ne doutais point qu'ils pussent avoir raison. Hélas, leur expertise ne m'intéressait pas plus que ça. Nul besoin d'aller en province. J'étais suffisamment lettré et espiègle pour faire aux Champs-Élysées ce que d'aucuns allaient faire en campagne ou en périphérie. À Paris, parmi les nombreuses femmes que j'avais eu à rencontrer, quelques-unes avaient laissé circuler, plus d'une fois, en de multiples circonstances, leur désir d'enfant, de famille. Elles souhaitaient, en un certain sens, que je prisse les devants du théâtre, en tant que mâle, et que je réalisasse leur vœu enfoui. J'aurais pu, ne serait-ce qu'« accidentellement », porter le rêve de ces dames. D'ailleurs, énième aveu, certaines ont travaillé, mais alors en vain, à ce que l'accident ait lieu. M'avaient-elles cru si bête ?

Mes conseillers me disaient : « Regarde untel, il est maintenant français, il a eu un enfant avec une Française. » Sauf que d'untel, je me foutais ! Sa vie ne m'était pas alléchante, ce genre de vie que l'on me faisait miroiter comme pour me faire rêver ne me satisfaisait pas. Quitter donc Paris, juste pour faire un gosse, voire un sale gosse, et attendre un papier de la préfecture, était-ce cela mon ambition ? Si ma vie avait dû ressembler à cela, alors franchement, elle eût été plus que misérable. Même à Bordeaux, province atlantique, ou à Marseille, ville méditerranéenne, il n'était pour moi pas question d'aller. J'aurais préféré encore qu'on me planquât à Agadir plutôt que de m'exiler à Marseille. Surtout depuis que j'étais devenu anti-football spectacle, je ne me voyais pas me fringuer avec un maillot de l'OM, je ne me voyais donc pas communier dans cette ville de pauvres pêcheurs.

Quant au mariage, là encore, il ne fallait pas ajouter à mes malheurs un autre malheur. Je ne pouvais accepter de lier mon nom, mon pauvre nom, ma vie, ma pauvre vie, ne serait-ce que pour quelques années, à n'importe quelle femme. Pire, la préfecture exigeait des étrangers qui avaient l'insigne honneur et privilège d'épouser des Françaises ou des Français, une exemplarité d'esclaves. Le mariage aurait donc été pour moi une autre manière de faire hara-kiri. Le mariage pour des gens comme nous était une inquisition perpétuelle. On se faisait enquiquiner par des fonctionnaires divorcés, célibataires, cocus, infidèles, gays refoulés, bi sous coke… qui jugeaient si oui ou non, un mariage était assez valeureux, et si oui ou non, il fallait donner des papiers au nécessiteux du couple. Je ne voulais pas de cette humiliation.

Mes conseillers étaient dans leur rôle : ils parlaient. Moi, dans le mien : je faisais mine d'écouter. Ils avaient l'impression de m'être utiles, d'autant plus que je hochais la tête à chaque mot qu'ils prononçaient en signe d'approbation. Et pourtant, qu'est-ce qu'ils me fatiguaient ! Mais comme j'étais dépendant du petit billet d'euros dont ils pouvaient me gratifier en fin de séance, je me devais d'obéir. Qui paie commande, nous rappelait notre enseignant de géopolitique dans l'amphi 700 à l'université de Yaoundé.

La vérité est que je n'avais envisagé aucun plan. Pas de plan B ; ni de plan C. D'ailleurs, le plan B était celui sur lequel j'étais, et il s'était imposé à moi. Je n'avais pas cherché à être malade. Je n'avais pas espéré qu'on me déclarât malade. Mais étant empêché de poursuivre ma carrière d'étudiant en France (plan A), c'est non sans hasard que les esprits qui guidaient ma vie m'avaient mis face à la réalité que ma santé était ultra-délicate, et qu'il me fallait donc un titre de séjour (plan B). Pour le reste, mariage, enfant… j'avais dit *niet* !

Il est vrai, et ce n'est pas faux, que les proverbes de Carmontelle nous enseignent qu'il ne faut pas dire : Fontaine, je ne boirai pas de ton eau. Alors, si une belle femme de bonne famille, à la vie tranquille, s'était amourachée de moi, correctement, et qu'à mon tour je me fusse senti bien dans son sein, bien dans ma peau, bien dans nos rapports, je n'aurais pas dit non devant monsieur le maire du VIIe arrondissement de Paris. Je n'aurais eu aucun scrupule à relier franc amour et franches raisons. En astrologie, ça s'appelle l'alignement des planètes. Cette femme, je ne l'avais pas cherchée à la manière d'un Diogène cherchant son homme. Je n'étais pas en quête d'une perle rare.

C'était sans compter sur ma rencontre fortuite avec une femme d'exception, celle qui me sauva du tombeau dans lequel je ne cessais de me retourner. Elle m'exfiltra de là, et, comme je manquais sérieusement d'air, me mit sous assistance respiratoire.

Le bonheur

J'ai rencontré Stéphanie sur une application. Elle avait indiqué sur son profil que Dostoïevski et Albert Cohen faisaient partie de ses auteurs préférés. Étant sur ce site, du seul fait de mon pseudo, Fedor Solal, l'unique représentant de ces deux figures littéraires, j'envoyai un charme à celle qui n'avait guère besoin de s'inventer un pseudo, de porter un masque : Stéphanie. Tout simplement ! Du haut de mes vingt-six ans, j'obtins l'aval de la belle de quarante ans. Nous entamâmes la conversation avec une dose enivrante de fantaisie et d'autodérision. Vingt minutes plus tard, nous nous rencontrions sur une terrasse de café à Nation. Nos deux esprits avaient besoin de matières en présence.

Stéphanie m'avait prévenu qu'elle n'avait pas beaucoup de temps à m'accorder ce dimanche-là. Elle devait rejoindre des amis à partir de 17 heures. « Par contre, nous ne pourrons faire connaissance que pendant une heure. Si ça te convient, rendez-vous à nation à 15 h 25. »

J'eus l'impression, en bon malheureux solitaire, que cette dame me proposait toute une journée en sa compagnie. Je répondis avec enfièvrement : « Une heure, c'est parfait, je dois également rejoindre un pote après. »

Je n'avais aucun pote à rejoindre. Je singeais.

Nous fîmes connaissance réellement. Stéphanie dégageait une équanimité à laquelle j'étais plus que sensible ; celle-ci contrastait avec mon profond état d'anxiété. Sa voix, son phrasé, son écoute, son regard… furent, dès nos premiers échanges, un médicament pour mon âme en peine. Et puisque j'excellais dans mon personnage, la sépharade, charmante brune, ne pouvait que s'attendrir devant le brave et sage jeune homme que j'étais.

À la question banale « Charles, qu'est-ce que tu fais dans la vie ? », j'avais répondu « Futur président du Cameroun ». Elle avait ri et s'était satisfaite très sincèrement de cette réponse improvisée. La vraie curiosité se moque de la curiosité. Entre cette fan d'Albert Cohen, de Dostoïevski et moi, il y eut une évidente *attractionibus selectivis*. Nous nous plaisions. Sans trop savoir qui nous étions réellement. Elle me pensait capable de tout ; or je n'étais rien. Ma vie ne rimait à rien.

À 16 h 45, Stéphanie sonna la fin de la récréation. Je fis signe au serveur d'apporter l'addition. Stéphanie avait pris deux cafés crème et moi un espresso et un verre d'eau. La facture était de 9,30 euros. Salée ! Je ne sais quelle mouche me piqua, mais j'insistai pour régler l'addition. J'avais dix euros sur moi. C'était toute ma fortune. Eh bien, je venais de la dilapider. Stéphanie avait beau avoir un effet extraordinaire sur ma personne, lorsque je reçus les 70 centimes de monnaie, il s'en fallut de peu que je ne parte en sanglots. Je me reprochai d'être un imbécile, un mauvais gestionnaire et contins ma nervosité quand je reçus le sublime merci de Stéphanie qui me proposait de m'inviter à dîner mardi soir après son travail. Voilà que mon repas – et probablement ma nuitée de mardi – était assuré. Je n'avais pas été si mauvais gestionnaire.

Le mardi, tout se passa comme prévu. Notre première nuit fut plus qu'un succès. De toutes les femmes que je côtoyais à ce moment-là, Stéphanie était celle qui m'imposait les sentiments les plus nobles et avec qui je passais les nuits les plus paisibles. Je n'aspirais à rien d'autre qu'à passer des moments précieux et agréables avec elle. Stéphanie m'extirpa de la mer noire de femmes dans laquelle je coulais. Avec Stéphanie, il n'était plus simplement question de sexe comme avec ces autres femmes. Un beau matin, conquis par la puissance de sa douceur, je me retrouvai en train d'épouser le vœu de Stéphanie de fonder une famille. Ça ne faisait guère partie de mes rêves et de mon plan révolutionnaire. Elle non plus ne s'était jamais projetée dans un couple avec un homme plus jeune, qui plus est étranger, pire, qu'elle découvrirait un peu plus tard sans-papiers.

Si à ma mère je dois la vie, à Stéphanie, qui a véritablement pénétré ma douloureuse existence, avec un certain degré de dévotion, d'amour, de fierté, d'honneur, de gratuité, de tranquillité, de naturel, je dois ma survie. Si Stéphanie n'avait pas existé, il eût fallu l'inventer.

[illegible]
aide soudain à ma détresse. La réponse à ma demande de carte de séjour pour raisons médicales arriva enfin

La déprime

Mon dossier à la préfecture traînait. Je déprimais sans le savoir. En ce temps-là, le mot déprime, comme celui de bronzage, n'était à mes yeux qu'un truc de « Blanc ». Je me croyais radicalement et racialement protégé de cette affaire. Or, la réalité était tout autre. J'étais foudroyé de l'intérieur, sérieusement fissuré, graduellement disloqué. À mon insu, j'étais d'une vulnérabilité chronique. Cette déprime m'inondait comme une perfusion dans la veine d'un comateux. Ses origines étaient plus anciennes que ce que je m'imaginais, elle était née bien avant mes ennuis avec l'administration française. Elle m'accompagnait déjà sur les bancs de la fac, au Cameroun. Je me souviens qu'à cette époque, il m'arrivait d'ouvrir et de lever les yeux vers mes imperturbables camarades assis à même le sol en train de prendre des notes. Ils étaient confiants. Ils semblaient croire en l'avenir. Ils pensaient faire des sacrifices, alors que les sacrifiés, c'était nous.

La préfecture de Paris décida d'apporter son indéfectible soutien à ma détresse. La réponse à ma demande de titre de séjour pour raisons médicales arriva enfin.

Que du *blablabla*... qui me coupa l'appétit ! J'avais pieusement attendu quatre, cinq mois pour rien. Le préfet de Paris, en bon servile de l'État, avait cru bon de passer outre l'avis de mon médecin traitant, avec lequel, dois-je le dire, je n'avais aucune relation d'amitié. On n'aurait donc pas pu suspecter une quelconque complicité ou complaisance.

Dans le courrier qui m'était adressé, M. le préfet avait commencé par me faire un état du droit, comme pour impressionner le clandestin :

« *Vu la Convention* machin truc *des droits de l'Homme et des Libertés* patati

Vu le code...

Vu le décret...

Vu l'arrêté du... »

Hiérarchie des normes ! Du Kelsen ! Monsieur le Préfet était-il au courant de ça ? Bref, peu importe, faut lire la suite...

« *Considérant que M. Charles Elanga Tsimi...*

Considérant toutefois que le médecin, chef de service médical de la préfecture de Paris, a estimé que... »

Qui était donc ce médecin que je n'avais jamais vu, qui ne m'avait jamais ausculté, et qui se permettait de délivrer une sentence sur mon cas ? Pour le chef du service médical de la préfecture de police, mon état de santé était certes préoccupant, mais il informait sa hiérarchie qu'il existait un traitement approprié dans mon pays d'origine. Le toupet ! Lui, qui n'avait jamais mis un pied au Cameroun, m'expliquait, depuis son bureau quai des Orfèvres, que mon pays pouvait très bien s'occuper de moi. Je n'avais qu'à quitter le sol français et je serais guéri ! Bref, je continue la lecture...

« *Considérant que M. Charles Elanga Tsimi se déclare célibataire...* » Euh, et alors monsieur le préfet ? Qu'est-ce que ce considérant-là ? Comment aurais-je pu me marier alors que des gens comme le préfet me pourrissaient impunément l'existence ? Célibataire, l'étais-je assurément… Cependant, si M. le préfet marchait un peu sur ses terres parisiennes, il se serait vite rendu compte de l'évidence : Paris était peuplé de quantité de femmes qui n'auraient pas rechigné à l'idée de se marier avec moi. Le sujet ne pouvait donc pas être mon célibat…

Poursuivons avec le mot du préfet de police :

« *Sur proposition de M. le Directeur de la police générale de la préfecture de police ;*

ARRÊTÉ

Article 1er : La demande de titre de séjour de M. Charles Elanga Tsimi est rejetée. »

Ta gueule, monsieur le préfet ! pensai-je alors immédiatement en lisant cet article assassin. J'avais été discrètement convoqué à Paris par les plus grands esprits de ce monde, en tant que grand témoin et révolutionnaire de mon temps, et voilà qu'un fonctionnaire, un haut fonctionnaire si l'on veut, s'opposait à ma présence en terre française. Je n'étais même pas musulman ! Je me prénommais Charles, bon Dieu, comme Charlemagne… et voilà qu'on me faisait des manières !

« *Article 2 : M. Charles Elanga Tsimi est obligé de quitter le territoire français dans le délai de 30 jours à compter de la notification du présent arrêté.* »

Ceci représentait à mes yeux une déclaration de guerre en bonne et due forme. L'ennemi me sommait de rendre les armes ou bien de périr. Mon cœur avait failli se briser, il s'était même brisé, à vrai dire, en lisant ce deuxième point de droit. Puis, il avait recommencé à battre rapidement. Non, mais qui était donc cet homme pour me parler ainsi ? Oui, préfet de police, j'ai compris ! Était-ce suffisant pour m'obliger, moi, et ce dans un délai de 30 jours, à quitter le territoire français ? Était-il au courant que j'avais des rendez-vous prévus avec de brillants médecins, de courageux étudiants de ce pays ? Était-il au courant que les médecins me recevaient avec tous les honneurs et hommages dus à ma personne ? Était-il au courant qu'après ce rendez-vous dans deux semaines, un autre plus important encore m'attendait dans trois mois chez le même médecin ? Était-il au courant que ma vie valait mieux que son État de droit ? Était-il au courant que depuis peu, même en étant administrativement célibataire, j'étais amoureux d'une femme d'exception ? D'une Française, bon sang ! Juive de surcroît ! L'amour n'a-t-il pas tous les droits ? Était-il au courant que mon amoureuse était enceinte ? De qui ? De moi ! Outrageusement gonflé, l'État ! Il ne sait rien de la vie des gens et il ordonne, décrète, arrête avec une insolence particulièrement caractérisée.

« *Article 3 : À l'expiration de ce délai, M. Charles Elanga Tsimi pourra être reconduit d'office à la destination du pays dont il a la nationalité ou de tout pays pour lequel il établit être légalement admissible et s'exposera aux peines d'emprisonnement et d'amendement prévues par l'article L. 624-1 du code de l'entrée et du séjour des étrangers et du droit d'asile pour tout étranger se maintenant irrégulièrement sur le territoire français sans motif légitime.* »

Le premier policier, le premier douanier qui oserait poser sa main criminelle sur mon épaule, voulant s'exécuter après 30 jours révolus, deadline fixée par l'Administration, allait sentir de quel bois je me chauffais. Je n'en revenais pas. L'État me brandissait la menace d'emprisonnement. Moi, l'honnête homme qui n'avait jamais tué, par pure discipline d'esprit et de corps. Moi qui n'étais point violeur, moi qui n'avais jamais menti au peuple, moi qui n'avais jamais volé dans les caisses de l'État, moi qui réfléchissais à la possibilité d'une société juste, moi futur père… Si l'État était assez fou pour me mettre dehors, alors, me disais-je, autant être fou avec lui ! Les brigands à col blanc se pavanaient librement çà et là, et c'est moi qu'on voulait sacrifier sous je ne sais quel prétexte ? C'est moi qu'on voulait chiffonner, réduire à néant, embastiller, parquer, éconduire, reconduire ? N'étais-je pas suffisamment clairvoyant pour qu'on me laissât conduire ma vie comme je l'entendais et où je le voulais ? Encore que, je le rappelle, en ce qui me concerne, il s'agissait d'une élection quasi métaphysique par les plus grands esprits de France et d'ailleurs. L'administration française voulait ma peau. J'étais prêt pour la guerre. Jusqu'à la dernière goutte de sang. Coup d'éclat ! Coup d'État ! Coup de folie ! Coup de raison ! Je laisse à Candide sa sagesse « optimiste ». J'avais déjà assez réfléchi à cette éventualité, une guerre opposant Raison d'État contre Ma Raison. Et, dans mes conjectures, cette guerre n'avait rien de raisonnable : c'était un simple défi de mort !

« *Article 4 : Le Directeur de la police générale de la préfecture de police est chargé de l'exécution du présent arrêté.* »

La préfecture de police fut chargée de mon exécution publique… La peine de mort existe toujours bel et bien, où qu'on aille, et s'applique avec une redoutable cruauté sur les innocents. Mais, je ne comptais pas être une victime respectueuse de la loi. J'allais combattre… Je n'en étais pas à mon premier refus. Ni à ma première obligation de quitter le territoire français. Le brouillard ne finissait-il pas toujours par se dissiper ? N'étais-je pas nettement supérieur à ces préfets-là et ces faiseurs de lois scélérates ? Nul doute.

La vie que je menais me devenait de plus en plus insupportable. Toujours sans toit stable, sans revenu pouvant m'assurer une once de respectabilité et de dignité en ce bas monde, toujours à la merci de quelques assiettes de quelques amphitryons, toujours en train de faire semblant pour m'assurer quelques secrets services de première nécessité, toujours dans l'obligation d'honorer de multiples cons qui n'en valaient pas la peine, mais qui se croyaient malheureusement dotés d'un irrésistible pouvoir d'attraction. De tout cela, j'avais terriblement marre. Sans compter que l'amour sonnait à ma porte, avec en prime un enfant. Ma Bien-aimée, inconnue du grand public et de M. le préfet, m'était tombée dessus, hasard du Ciel, bénédiction immanente, destin croisé. Peuple élu et peuple maudit, elle et moi, ici rassemblés… Le petit Jésus devait naître.

Bella Ciao

Puisque sans-papiers et donc inéligible à la vie ordinaire, à l'existence normale, à la vie heureuse, et putschiste à côté de la plaque ou encore ridicule révolutionnaire, je décidai d'être écrivain. J'avais forcément des choses à raconter. J'avais des règlements de comptes à opérer. J'avais des sensations, des odeurs, des crampes d'estomac, des maux de tête, des visions, des faits, des secrets à rapporter, à consigner, à émotionnaliser. Devenir écrivain requérait, pour un sans-papiers, et dans un pays comme la France, beaucoup de folie.

Ne pouvant dignement postuler nulle part ni mener à bien ma révolution au Cameroun, écrivain me paraissait être le seul métier pour lequel aucun éditeur n'aurait pu me dire :

— Monsieur, vos papiers…

— Pardon ? aurais-je naïvement répondu.

— Est-ce que vous avez une autorisation pour écrire en France et en français ?

— Euh… comment ça une autorisation ? Je suis sans-papiers monsieur, pas sans voix !

— Tant pis ! La France est un État de droit, non une république bananière, monsieur !

— Je suis écrivain… Je savais pas qu'il me fallait l'autorisation du préfet ou de je ne sais qui pour écrire !

— Oh que oui, monsieur !

— Soit ! Mais je ne comprends pas un truc. Comment, avec toutes vos précautions, vos autorisations, continuent à se publier, de nos jours, autant de choses imbéciles et ridicules ? Expliquez-moi ce paradoxe !

— Un exemple de choses imbéciles et ridicules publiées, s'il vous plaît ?

— Un exemple, c'est maigre ! Je vous dresserais volontiers un chapelet. Bon, par exemple, vous avez lu le dernier truc de comment il s'appelle… euh… Quelle misère ce truc ! Je ne comprends pas comment les éditions… puis l'État de France ont pu autoriser ça ! La censure, à quoi bon si c'est pour un résultat aussi médiocre au final ?

— C'est comme ça, monsieur ! Vous êtes un sans-papiers. Ne comptez pas sur moi pour vendre vos salades !

— Ah non ! Les salades, il suffit d'allumer votre écran pour les voir, et comme on en parle avec fierté et assurance ! Ça me débecte…

— Aigri le sans-papiers, non ? Ça se sent un peu chez vous !

— Eh bien, vous savez pas sentir, vous sentez mal, faut changer de métier ! Faut que l'État vous trouve autre chose, flic par exemple…

Les temps sont si bizarres qu'il vaut mieux être prudent.

Fatalement poète, irrémédiablement écrivain. Ça, je pouvais l'écrire en recommandé à MM. les préfets, en les suppliant de garder pour eux leur autorisation de travail. Avec l'espoir que les éditeurs ne se transformassent subitement en adjuvants de l'État républicain... Et si mon recommandé en agaçait plus d'un et que l'on m'accusait d'outrage à magistrature, je signerais une tribune. Ce serait quand même là une sottise sans nom ! Un retournement de situation indigne ! C'était moi l'outragé, le méprisé, le condamné dans l'affaire, pas le collège préfectoral ! C'était moi le froissé, pas les trois mousquetaires qui avaient tenu les rênes de l'État ces derniers temps. Trois mousquetaires républicains qui avaient travaillé contre mes intérêts. Le premier avait créé un ministère de l'Immigration et de l'Identité nationale. Le deuxième avait soutenu l'idée de déchéance de nationalité pour les binationaux, autrement dit Français issus de l'immigration. Le troisième, maléfique esprit saint, prétendait expulser hors du territoire ceux qui n'avaient rien à faire en France.

On déterre les pires par les urnes et on leur confie la vie des innocents. Après, on dit qu'on s'est fait avoir, qu'on ne savait pas, qu'on est déçu, qu'on regrette... Y en a marre des électeurs ! Vraiment marre !

À la guerre comme à la guerre ! Dorénavant, je me promettais de jouer cartes sur table. Un projet de loi sur le droit du sol, et ban, un libelle ! Une interview chez Bourdin où l'on expliquait la différence entre migrants économiques et réfugiés, et ban, un pamphlet ! Un mot du président de la République sur les droits de l'Homme, et ban, une nouvelle !

L'écriture sans-papiers était un tour de force, une magie noire, une première, une révolution… Non, plutôt une contre-révolution puisque l'imprimerie n'avait pas été inventée pour nous. Un sans-papiers, ça n'imprimait pas. Notre écriture étant clandestine, pas inclusive, il me fallait entrer dans le milieu de l'imprimerie avec fracas, quitte à fâcher les tonitruantes féministes de ce pays qui avaient pris la mauvaise habitude de m'agacer prodigieusement.

Je comptais donc prier messieurs les éditeurs de prendre acte de mon tapuscrit, de ma déclaration de guerre. Le roman, pour nous, ne devait être désormais que cela : une *Bella Ciao.* Les gens devaient comprendre que la littérature sans-papiers ne faisait pas dans la paperasse, pas dans la dentelle ; qu'elle comptait servir à autre chose qu'à rien. Fallait qu'il y ait des têtes qui tombent, des victimes sur le champ de bataille, le champ de l'écrit. Sinon, autant chanter avec les Enfoirés ! Nous, sans-papiers, ne disposions guère de paperasse, et pour le peu qu'on voulût bien nous prêter ou nous imprimer à crédit, nous n'allions pas nous mettre à jouer au con et gâcher l'encre, noircir la belle page blanche avec de niaises histoires, de niais personnages, de niaises intrigues, de niais retentissements, de niaises thématiques, de niaises morales, de niaises identités, de niais conflits tradition versus modernité… Nous n'allions pas faire du Roman contemporain… Roman hyperficiel ! Roman à l'eau plate… Roman à dormir debout, assis, couché… Roman sans victimes… Roman sans bataille… Romansonge… Gromansonge… Roman démocratique… Roman studieux… Roman bave… Roman copie conforme… Roman gueule de bois… Roman-photo…

Roman postcolonial… Roman identitaire… Roman exotisme à gogo pour ballot… Roman algorithme… Roman atelier d'écriture… Roman obèse…

L'écrivain avec papier, papier national, est un trouillard public, véritable artiste en carton. Faut pas compter sur lui pour un quelconque soutien ni une quelconque invention morale. Il a d'autres chats à fouetter. Il doit divertir les masses, enfin ce qu'il en reste, quelques travailleurs dans le métro et quelques poignées de touristes dans l'avion. Il faut qu'il les tienne en haleine, faut qu'il contribue à leur adrénaline, leur développement personnel, leur coaching… Qu'il ne blesse personne, qu'il ne déclare ni guerre ni amour.

J'espérais rencontrer éditeurs et éditrices, ces grands messieurs, ces fières mesdames, à l'occasion d'un rendez-vous préalablement négocié, et que, lors de ce rendez-vous, matinal de préférence car je n'aime pas l'après-midi, nous parlerions de mon juteux contrat. Inutile de préciser qu'aucun juriste ne pouvait m'entourlouper sans mon contentement. Sortant d'une galère sans nom, je m'étais promis d'être particulièrement vigilant sur mes émoluments, mes primes, mes droits d'adaptation et consorts.

Dès que le contrat serait signé, au premier chèque encaissé, je virerais la commise d'office qui me servait d'avocate. L'État l'avait mise à mon service pour défendre mes droits en face de la préfecture. Complotisme chronique ! Pourquoi garderais-je une avocate au bilan aussi catastrophique ? Je prierais la bonne dame d'aller faire valoir son droit ailleurs, d'aller s'amuser avec d'autres pauvres sans-papiers, d'aller voir dans le tas de migrants économiques.

Quant à moi, nouvellement écrivain, je me trouverais un excellent avocat juif. Oui, fallait qu'il soit juif comme mon fils pour me défendre. Le communautarisme commençait à séduire mon esprit.

Dans l'hypothèse où messieurs les éditeurs refuseraient de me publier et décideraient par là même de me maintenir dans un statut de clandestin, j'envisageais de consacrer ma carrière à l'éducation de mon fils. Je me voyais en bon père au foyer. Et si un policier venait à m'interpeller en lançant arrogamment :

— Monsieur, vos papiers !

— Mes papiers ? Mon fils est français, abruti ! lui répondrais-je.

Vexé, il aurait, soit commis une bavure policière et je serais mort, soit dégainé :

— Outrage à agent public de l'État dépositaire de l'autorité publique, ça vous coûtera cher, monsieur… Un an d'emprisonnement et 15 000 euros d'amende…

Ah ! Ça ne s'ennuie pas à l'Assemblée nationale ! Comment peut-on voter pareille loi ?

Falstafferie

À seize ans, je m'étais retrouvé orphelin. Dix ans plus tard, je devenais père. Mon chérubin fétiche était né. Fier et arrogant tel un Gaulois ! Il avait ses papiers, le coquin ! Il me les avait brandis, comme pour me narguer, en sortant du ventre de sa maman. J'étais heureux pour lui. J'avais une terrible crainte de le voir naître sans rien du tout. Mais plus de peur que de mal. Mon héritier n'était que fils d'un sans-papiers. Et moi, père d'un enfant français, juif séfarade. Tout l'honneur était pour moi. Toute la honte pour lui. Mon fils devait remercier le Ciel pour la mère qu'il avait. Et il devait pardonner à son père de ne pas être né français. Certains héritaient de leur père gloire, fortune, carnet d'adresses… Mon chérubin se suffisait à lui-même, et, par amour du père, il devait commencer à réfléchir à comment, lui, Français, allait pouvoir rembourser mes 585 euros de découvert à la BNP.

Je fus d'abord emporté par une vive joie blanche qui fut rapidement entachée d'une noire angoisse. Durant ses premiers mois, je restais avec mon fils à l'appartement, non strictement en tant que père, mais en tant que clandestin, alors que Stéphanie partait travailler. Elle et moi n'occupions guère une position symétrique, d'égalité, d'équilibre face à notre enfant. Alors, certaines journées, mon esprit divaguait et l'angoisse s'emparait de moi. À supposer que je meure – après tout, ma vie ne reposait pas sur grand-chose –, Stéphanie pourrait continuer, Dieu merci, à s'occuper admirablement de notre fils. Mais à supposer que mon amoureuse trépasse, quelle serait la suite de l'histoire ? Ce fils, bien plus innocent que son père, basculerait entièrement dans une existence noire. Et n'appelons pas ça, de grâce, déterminisme social ! C'est la peine de mort. Elle dame le pion aux droits de l'homme.

Je n'essayais pas de combattre mes noires angoisses. Cela aurait pu me mener à prendre la poudre d'escampette, comme tant de pères que la société a réduits en miettes, ou trop gâtés ou gavés ; que la société a parfois tout bonnement assassinés. Mes angoisses, je devais les digérer, les accepter. La pauvreté requiert bien souvent une élévation de la conscience que jamais n'atteint la masse des ravis. Mais combien de temps allais-je être capable d'assurer cette présence auprès de mon garçon ? me demandais-je quelques soirs où je laissais mon fils dormir sur ma poitrine pour qu'il entende mon cœur battre. Je me devais d'inventer ce que pouvait être une relation puissante entre un père et fils, dans des circonstances dramatiques et inhumaines. Il me fallait continuer d'exister, et plus encore aux yeux de mon enfant. Par-dessus tout. Je n'étais pas sans exemple. Mon père avait déjà tracé le sillon. Sa figure s'imposait à moi. Ainsi n'ai-je pas donné mon véritable nom à mon fils, mais celui de mon père, que je porte certes, mais à titre complémentaire ou génitif. Elanga Tsimi (fils de Tsimi).

Stéphanie et moi n'avions été confrontés à aucune problématique d'ordre culturel. Aucun choc, aucune querelle de religions, aucun énervement de civilisations, ni dans notre vie de couple ni dans notre rapport à notre fils. Pas même pour sa brit milah à la synagogue de Créteil. Mon fils avait été tenu captif par le sandaq Salomon, son papi maternel, et, conformément à la tradition, le mohel, dont le visage ne m'inspirait rien de sympathique, s'était chargé de trancher son prépuce. Je craignais qu'on lui enlevât ses organes sexuels. J'avais prévu d'attenter à la cérémonie si mon fils pleurait à tue-tête et saignait abondamment. Mais le cri de Zadig fut incroyablement bref et respectable. Hosanna ! Notre mohel ne s'était pas loupé. L'assemblée fut éblouie par le simple cri de Zadig. Les uns et les autres, surtout dans la rangée des femmes, se retournèrent, cherchant du regard le père-géniteur de ce bébé spectaculaire. J'étais là, kippa sur mes cheveux ébouriffés, main gauche sur ma poitrine avec le poing fermé, main droite derrière mon dos. Je rendais hommage à mon fils, selon ma propre tradition. Un peu d'œcuménisme ne faisait de mal à personne ! Puis, il fut autrement baptisé par le prénom de son ultime grand-père, Salomon. Lequel avait composé et lu un poème pour son petit-fils et lui avait offert une chouette en bois pendant la seoudat mitzva. *Chouette, Zadig est arrivé,* tel fut le titre de ce poème minervien :

Bon voyage sur cette terre mon p'tit Zadig
Pour toi la vie va commencer

Mais tu verras, ça va être chouette
Si tu prends la vie comme une fête
Durant toutes ces années qui vont passer

Bon voyage sur cette terre mon p'tit Zadig
Tu vas avoir tant de choses à apprendre
Mais tu verras, ça va être chouette
Toutes ces choses à te mettre en tête
À condition de bien savoir t'y prendre

Bon voyage sur cette terre mon p'tit Zadig
Très vite tu vas savoir apprécier la beauté
Et tu verras, ça sera chouette
Quand tu t'éloigneras du méchant et du bête
Et que tu laisseras la laideur de côté

Bon voyage sur cette terre mon p'tit Zadig
Où tu verras le mal et le bien maîtres
Mais peut-être verras-tu, et ce serait chouette
Le bien battre le mal et lui faire sa fête
Ça c'est moins sûr et j'ai bien dit peut-être

Bon voyage sur cette terre mon p'tit Zadig
Tu apprendras à discerner le vrai du faux
Car tu auras la sagesse de la chouette
Sans pour autant avoir la grosse tête
Et la raison ne te fera pas défaut.

Applaudissements ! *Bravo Salomon ! Magnifique ! Où est Zadig ?* répétaient les invités. Zadig pionçait. Matinée tout de même éprouvante. Stéphanie, émue, larmoyait avec sa mère. Moi, j'étais là sans être là. Je communiais comme je pouvais. Sans père ni mère, sans frères ou amis pour l'occasion. Mais ce n'est pas l'absence des miens qui me désolait tant. C'était ma condition de misérable et de sans-papiers. Je ne pouvais même pas m'oublier deux minutes. Quel égoïste ! Objection, j'étais infiniment heureux de savoir que ma solitude n'entravait pas la marche de Zadig au monde. Que sa réalité présente n'était pas la mienne. Qu'autour de lui, gravitaient des gens qui ne me ressemblaient pas : sombre, diminué, nerveux.

Ma circoncision, en tout cas, ne s'était pas passée comme ça. Je m'en souviens très bien. C'était à l'hôpital de la Sosucam. J'avais huit ans et on m'avait circoncis. Aucune oraison spécifique. Aucune raison idéologique ne me fut donnée. Ma circoncision avait été sans rituel. Pas de prêtre, pas de marabout, pas de chef du village. Sans cacher. Tout ce que je sais, c'est qu'à chaque circoncision, nous mangions beaucoup de poulets. Ce qui relevait de la tradition pour Stéphanie était pour moi l'ordre normal et naturel des choses.

Ai-je eu mon mot à dire dans tout ce protocole judaïque ? Non. Stéphanie parlait pour nous deux. En plein dans le matriarcat, je ne me sentais pas moins père.

Avec la naissance de mon fils, j'avais hérité d'une once, d'un atome de prestige. Je comptais désormais me pavaner avec son acte de naissance ou sa carte d'identité et j'envisageais de repartir devant messieurs les préfets pour leur demander un énième titre de séjour. Celui-ci ne serait pas motivé pour des raisons d'études ou de maladie, mais pour des raisons de filiation, à l'envers. Car ce n'était pas à mon fils de devenir sans-papiers, mais à moi, donneur de vie, d'accéder à son rang. Que dis-je, en deçà de son rang : *parent d'enfant français !* La belle affaire ! Au nom du Père, du Fils (surtout)… et d'un Saint-Esprit absent.

Je savais d'ores et déjà qu'une fois à la préfecture, les agents dévoués à leur tâche imbécile me demanderaient, pour m'accorder un petit papier rectangulaire qui m'eût permis de travailler, pour peu que je trouvasse du travail, de solides preuves de participation à l'éducation, à l'entretien de mon enfant. Je devrais donc leur apporter des factures, des témoignages, etc. Les vertueux exigeaient des preuves matérielles qui n'avaient rien à voir avec une garantie de bonne paternité. Je n'avais point envie de me livrer à ce tribunal de petite instance.

Mon fils c'est mon fils. La chair de ma chair. Le sang de mon sang… Ces fonctionnaires ne pouvaient pas s'intruser et faire les matamores dans une histoire dont ils ignoraient les tenants et les aboutissants. Quelle meilleure précaution pouvaient-ils prendre pour cet enfant français sinon celle de coller la paix à vie à son papa ?

J'avais envisagé, si la France continuait de m'asphyxier, de vivre dans l'ombre de mon fils, en attendant sagement que celui-ci grandisse et raisonne. N'ayant pu exister, il existerait pour nous deux. Il serait mon cheval de Troie. Je lui chuchoterais exactement quoi penser, quoi faire, comment guerroyer. Bien sûr qu'il aurait sa liberté, la mienne. Il mettrait les points sur les i et pourrait dire à ses compatriotes comment son père fut tristement diminué, déconsidéré, inconsidéré, méprisé, ruiné, déshumanisé, abattu par des lois scélérates et criminelles de la République tricolore. Il ne s'appelait pas Saddiq par hasard.

Vive quoi déjà ? La Croix de l'Homme ! Les Droits de l'Homme !

Les droits de l'Homme, avais-je fait l'expérience, sont les droits de la Diversion. Les droits du Divertissement. Les droits du Spectacle. Les droits de la Démocratie. Ce sont des droits de l'enfer pavé de bonnes intentions. Des droits, géométriquement, géographiquement, historiquement, scientifiquement, économiquement, culturellement variables. « Le monde entier est une farce et l'homme est né bouffon. » Sacré Falstaff ! Le rideau tombe. Apocalypse selon Sir John.

Épilogue

Trois années d'étranglement économique et de placage au sol juridique durant lesquelles je dus interrompre tout contact avec mon Cameroun natal et abandonner mes projets révolutionnaires. Pas une seule fois ma mère n'entendit le son de ma voix. Je me refusais d'imaginer sa peine. Pas une seule fois mes proches amis ne surent ce qu'était ma réalité. Ils ne pouvaient que s'abandonner à leurs clichés habituels sur l'Europe et pas que… Lorsque je commençai à m'ouvrir aux miens, sentant un tantinet l'étau français se desserrer autour de mon cou, j'appris la mort de Tonton Pierre. Mort de courte maladie m'avait écrit sur Facebook Angèle, une collaboratrice que tonton affectionnait particulièrement pour sa loyauté et sa dévotion au travail. Qu'est-ce que ça voulait dire « courte maladie » ? Elle m'avait textuellement écrit : « Salut Charles, le boss est décédé hier à l'hôpital d'Obala de courte maladie (émoticônes en larmes)… Ma vie est foutue ééé anti ! »

Comme je ne prenais pas la peine de lire les messages qui me venaient du Cameroun, je découvris celui-ci deux mois plus tard, alors que je m'étais décidé à faire le ménage dans mon Messenger inondé de « *slt, cava ?* », « *ca dikoi l'homme* ? », « *mon chéri... hmmm, tu m'oublies hein... ce sont les Blanches qui te tournent la tête comme ça ?* », « *Gars, faut me falla une Blanche là-bas* », « *Don man ça dit quoi, y a pas 100 euros pour moi là ? Le pays a les dents. En tout cas j'espère k tu vas bien...* », etc. Bref... La triste nouvelle ne surprit point mon instinct, mais affecta ma conscience, le temps d'une Sonate pour piano n° 2 en *si* bémol mineur, op. 35, troisième mouvement, de Frédéric Chopin.

À l'issue de ces trois années, la France fut condamnée à me verser 1 000 euros de dommages et intérêts et m'accorda un titre de séjour mention *vie privée et familiale*, valable un an. Étais-je le père de mon fils pour un an ?

1 000 euros pour trois ans. 333,33 euros par an, 91 centimes par jour ! Pour m'avoir empêché d'étudier, de travailler, d'aller et venir, de créer, d'exister pendant trois bonnes années... Voilà ce que la France a jugé bon de me verser en guise de dommages et intérêts. C'est abominable, mesdames, messieurs les juges ! Je vous le dis tout net.

Il eût été préférable, et même plus sage, de ne rien me verser du tout, même si, fort de mon statut de Pauvre, j'avoue avoir dilapidé ces 1 000 euros en un temps record, et ce sans le moindre sentiment antirépublicain. Si justice m'était rendue un tant soit peu, mes dommages et intérêts auraient dû dépasser le million d'euros. Excusez du peu ! M'enfin ! J'ose considérer qu'il n'est pas trop tard.

Je prie donc M. le président de la République de France, son ministre de l'Intérieur, son ministre des

Comptes publics, son ministre des Affaires étrangères, son ministre de la Justice, garde des Sceaux, son directeur du Trésor public, son préfet de Paris… de bien vouloir se concerter, en ma présence, ainsi que celle de mon héritier, Zadig Tsimi, Français établi, afin que nous puissions convenir de la somme réparatrice, symbolique, annonciatrice du bien à venir, qu'il conviendrait de me verser.

En attendant, « Ne croyez pas que je sois venu apporter la paix sur la terre ; je ne suis pas venu apporter la paix, mais l'épée ».

Remerciements

Je remercie Stéphanie M, ex-amante, fidèle amie, infatigable lectrice de mon manuscrit, pour ses jugements esthétiques précieux et son réel soutien, quelque peu métaphysique. « *L'éternel féminin nous élève.* » C'est elle qui m'aura insufflé, sur les hauteurs du mont Blanc, là où cette fiction prit sa source vitale, la force de faire couler l'encre noire.

Je remercie Mahir Guven, éditeur au franc regard littéraire, pour sa distance critique, ses utiles recommandations romanesques, son écoute humaniste. Il aura été dans mes moments de descente aux enfers, l'écriture étant aussi ça, un véritable pêcheur d'âme.

Je remercie, enfin, l'équipe de JC Lattès avec tous ses visages souriants, devant lesquels, étonnamment, comme à l'habitude, je n'ai point eu peur. Tant ils m'ont paru sincères, heureux d'être au service des artisans que nous sommes, de la littérature, et inspiré confiance en l'avenir.

Composition et mise en pages
Nord Compo à Villeneuve-d'Ascq

Imprimé en Espagne par
Liberdúplex
à Sant Llorenç d'Hortons (Barcelone)
en janvier 2022

POCKET - 92, avenue de France - 75013 Paris

S32093/01